CES

PAUVRES FEMMES!

DU MÊME AUTEUR

LES FILLES SANS DOT

Un volume grand in-18

MARTHE DE MONTBRUN

Un volume grand in 18

Imprimerie de L. TOINON et Cie, à Saint-Germain.

CES

PAUVRES FEMMES!

PAR

MAX VALREY

PARIS

MICHEL LÉVY FRÈRES, LIBRAIRES ÉDITEURS

RUE VIVIENNE, 2 BIS ET BOULEVARD DES ITALIENS, 15

A LA LIBRAIRIE NOUVELLE

—

1862

CES
PAUVRES FEMMES!

HERMINE

—

I

Hennebon est situé près de Lorient, comme l'ambulance près du champ de bataille. Si une retraite intempestive réduit à néant les rêves ambitieux de quelque fonctionnaire à dix-huit cents francs d'appointements, le malheureux s'enfuit à tire-d'aile vers Hennebon pour dérober à l'œil triomphant d'un rival les tortures de son amour-propre et le déficit de son budget. Si quelque pauvre fille, dévorée de la légitime passion du mariage, emploie, pour arriver à ses fins, des manœuvres trop hardiment britanniques, et qu'un billet intercepté par une main malveillante lui ferme à jamais le chemin de ·la mairie et de l'autel, la mère désolée s'empresse d'ensevelir dans les rues silencieuses d'Hennebon l'humiliation de son enfant et l'éternel remords de son insuccès. A plus forte raison, les fonctionnaires et les filles non mariées, atteints par l'inexorable loi de la limite d'âge, transportent leurs pénates sur les rives verdoyantes du Blavet. Les fonctionnaires retraités, anciens officiers de marine pour la plupart, s'adonnent à l'horticulture, ou se promènent depuis le matin jusqu'au soir sur le petit port d'Hennebon, surveillant avec un intérêt marqué le chargement et le déchargement des rares bateaux qui parviennent à remonter la rivière. Si l'on distingue parmi eux quelque vieillard à la mine rébarbative, à la tenue irréprochable, on peut soupçonner un ancien officier de l'armée de terre ; car l'officier de marine joint volontiers à la bonhomie des manières un re-

marquable laisser-aller de costume. Quant aux
vieilles filles, en les voyant sortir de l'église et
traverser la place par escouades de cinq ou six
sœurs, on apprécie la justesse du proverbe : « Un
malheur n'arrive jamais seul ! »

L'étranger, que sa mauvaise étoile conduirait un
dimanche sur la place d'Hennebon à l'heure où l'on
sort de la grand'messe pourrait, rien qu'à la rareté
des jeunes visages, deviner une anomalie dans le
mode de recrutement de la population. Après avoir
accompagné du regard quelques pâles victimes du
célibat jusqu'aux rues étroites et désertes où elles
disparaissent les unes après les autres, il se poserait
probablement cette lugubre question : « Pourquoi
et pour qui ces femmes-là vivent-elles ? — Pour
Dieu ! » eût-on répondu il y a deux ou trois siècles.
Aux âges de foi, plusieurs d'entre ces femmes, aujour-
d'hui ennuyées, inutiles et ridicules, eussent été ado-
rées comme des saintes ; d'autres auraient gouverné
de puissantes abbayes ; à presque toutes du moins
la vie monastique eût assuré le repos de l'esprit,
les mystiques extases de l'âme, les consolations du

cœur, le respect, l'admiration de la plèbe laïque
des fidèles. Il y a autant de distance entre la religieuse et la vieille fille qu'entre la martyre des
premiers siècles affrontant, radieuse d'enthousiasme, la gueule des tigres, en plein soleil, devant
une foule immense, et la morne condamnée des
cours d'assises qui meurt au petit jour, dans un
quartier perdu, entre quelques sergents de ville et
la populace stupide des barrières. Les vieilles filles
de nos jours, dira-t-on peut-être, peuvent, aussi
aisément que les vieilles filles d'autrefois se procurer les avantages de la vie monastique... Hélas!
non. La méditation des saints mystères n'a plus
d'enivrements pour ces pauvres âmes en peine.
Les hommes de notre époque n'ont plus de louanges
pour le sacrifice des devoirs humains à l'exclusive
préoccupation du salut. Dans l'ignorance des com-
pensations ultérieures, réservées sans doute aux
générations déshéritées, comment n'être pas navré
devant de pauvres créatures que les croyances
anciennes n'exaltent plus, que les institutions du
passé ont cessé de protéger, et aux yeux desquelles

la lumière de l'avenir n'a pas encore brillé, pour lesquelles le monde présent n'a pas de place?

Chose peu flatteuse pour la nature humaine; l'esprit de prosélytisme est mille fois plus ardent chez les malheureux que chez les privilégiés de la fortune. Les retraités et les vieilles filles furent enchantés le soir où ils apprirent que le lieutenant de vaisseau Tranchevent venait s'établir à Hennebon avec sa femme et ses deux filles : une maison était déjà louée pour eux, rue de la Claverie. Le lieutenant Tranchevent devait être définitivement classé dans la catégorie des gens qui *n'ont pas de chance*. En 1814, Alexandre-Achille Tranchevent, avait dix-huit ans et des aiguillettes d'aspirant de marine. Pour cause de velléités républicaines invétérées, son père, marin aussi, avait vu arriver la chute de l'empire avant d'avoir atteint le grade de contre-amiral. Par malheur pour ce brave homme, un patriotisme exalté, surtout sa *haine de l'Anglais*, firent de lui un bonapartiste forcené, dès que l'empereur fut à l'île d'Elbe. Son zèle pour l'exilé se manifesta si hautement, qu'on le nomma préfet

maritime et sénateur pendant les cent-jours ; il
obtint, en outre, le grade depuis longtemps mérité.
Tout cela lui valut d'être renvoyé de la marine
aussitôt après Waterloo ; son fils se trouva, bien
entendu, enveloppé dans sa disgrâce. Alexandre-
Achille rentra au service quelques années plus
tard ; mais, comme il s'offrit toujours pour les campagnes les plus longues et les plus périlleuses, comme
il ne passa jamais à Paris au retour, comme surtout
il démontra souvent à ses supérieurs avec une conscience scrupuleuse et un savoir incontestable, en
quoi et comment ils se trompaient, les rapports
adressés au ministre ne mentionnèrent jamais le
nom d'Alexandre-Achille, qui, en 1845, n'était encore que le lieutenant Tranchevent. On parlait
alors d'une promotion très-nombreuse. Pour la première fois, après une longanimité de dix-sept années, la tête du lieutenant Tranchevent se monta.
Il serait sans doute encore oublié ; des *blancs-becs*
allaient lui passer sur le corps ! Indigné d'avance
de tant d'injustice, il écrivit au ministre un long
factum dans lequel, après l'énumération de ses ser-

vices, il déclarait que, si ses droits devaient être plus longtemps méconnus, le soin de son honneur l'obligeait à offrir sa démission. Il n'imaginait pas qu'on pût concevoir la pensée de le prendre au mot.

Au reçu de cette épître, le ministre biffa le nom de Tranchevent sur la liste des capitaines de frégate, où il venait de l'inscrire. Le pauvre Tranchevent avait si peu inquiété l'ambition d'autrui, que sa mésaventure ne causa à ses anciens camarades qu'une satisfaction modérée. Quelques-uns regrettèrent même sincèrement de ne plus rencontrer dans tous les coins et recoins du port la figure tannée, ratatinée, mais sympathique en somme, de l'honnête lieutenant. Entre autres traits caractéristiques, Alexandre-Achille avait un nez long comme la trompe du tapir, mince comme une lame de rasoir et rouge comme une betterave. Ce nez, associé au nom significatif du brave lieutenant, avait égayé bien des *carrés*. Le bon sourire dont s'éclairaient les petits yeux verts de Tranchevent, quand cet appendice original était mis pour la millième fois sur le tapis, disait assez ce qu'il y avait de bienveillance dans sa nature. Cette indifférence personnelle n'empêchait point le lieutenant Tranchevent de se montrer intraitable quand on n'admettait. pas comme lui la prééminence de la beauté virile sur la beauté féminine. Il y avait peut-être une pointe de rancune inavouée dans cette énergique protestation contre les charmes du sexe faible, car bien peu de femmes s'étaient chargées d'éclairer ou de convertir le lieutenant. Tranchevent professait aussi des opinions d'une austérité sans pareille à l'endroit de la vertu des femmes. Remarquons-le, en passant, le rigorisme des officiers de marine n'est, à proprement parler, qu'une moralité géographique. Les marins s'entretiennent avec complaisance des ardentes passions de l'Espagnole, des allures hardies et provocatrices de l'Américaine ; ils trouvent des phrases bien senties pour louer les grâces voluptueuses, la naïve bonté, l'abandon facile des Taïtiennes ; mais s'agit-il d'une Française, et surtout d'une femme de *leur port*, toute aventure romanesque, toute intrigue amoureuse est jugée par eux avec une sévérité divertissante et qualifiée avec une crudité d'expression toute maritime.

Si Tranchevent avait soupçonné que, pendant ses campagnes de quatre années, quelque audacieux eût nourri un seul instant la pensée d'adresser ses hommages à sa femme, il n'aurait pas hésité à punir, l'épée à la main, cette intention coupable : c'était sa manière de voir. Par bonheur, madame Tranchevent, quoique assez gentille dans sa jeunesse, avait innocemment dansé jusqu'à la trentaine, sans jamais songer que l'absence indéfinie du mari peut, à la rigueur, être considérée par la femme comme une circonstance atténuante. Cette ingénuité n'est pas rare dans les ports de mer : les femmes y sont traditionnellement élevées dans la perspective d'un veuvage habituel, et les hommes, dominés aussi par la coutume, ne cherchent guère à profiter d'une situation presque normale autour d'eux. Madame Tranchevent représentait , d'ailleurs, au milieu de la société de Lorient un type de femme très-commun jadis, mais qui tend de plus en plus à disparaître ; elle admettait sans examen

1.

le dogme de la suprématie; de l'impeccabilité même
de l'homme. Sa religion domestique pouvait se
formuler dans un seul précepte : « Fût-elle mille
fois supérieure à son père ou à son mari, la femme
doit épouser leurs opinions, quelles qu'elles soient,
et mettre sa gloire à accomplir leurs volontés. »
Madame Tranchevent avait entendu son père, vieux
gentillâtre royaliste, assurer qu'en 1814 la France
entière avait acclamé les Bourbons , tandis que
M. Tranchevent affirmait encore plus positivement
que tout ce qui porte un nom français ne pardon-
nerait jamais à l'*étranger* la déchéance de l'empereur, et l'excellente femme n'avait pas une seule fois
poussé la hardiesse jusqu'à se dire que l'un des
deux hommes ayant autorité sur elle devait nécessairement se tromper. Madame Tranchevent n'était
pourtant pas sotte ; elle possédait une énorme perspicacité et un grand bon sens pratique ; elle voyait
souvent clair là où M. Tranchevent s'égarait ; mais,
dès que le lieutenant avait parlé, elle obéissait
aveuglément. Si l'une de ses filles, rendue plus ré-
tive par la date seule de sa naissance, hasardait une

objection : « Ton père l'a dit, » répondait simplement madame Tranchevent. Cet argument n'admettait pas de réplique.

A tout considérer, Tranchevent n'avait qu'à se louer de ses filles. L'aînée, Caroline, était ce qu'on appelle une personne de mérite : c'est assez dire qu'elle était laide, sans imagination, sans esprit, mais laborieuse, économe à l'excès. Quant à la cadette, Hermine, elle faisait à juste titre la joie et l'orgueil de son père. Hermine alliait à une riche et sympathique nature une remarquable organisation d'artiste. Sa beauté, un peu étrange et voilée, avait, chose inexplicable, de vagues rapports avec la beauté des mystérieuses filles de l'Inde. Des yeux très-longs, très-noirs, sérieux et naïfs, d'une douceur infinie, une pâleur dorée, pleine de vie, d'abondants cheveux bruns, une taille élancée, des mouvements enfantins et majestueux tour à tour, donnaient à la fille du lieutenant un irrésistible charme. Les femmes les plus envieuses étaient forcées de reconnaître, en outre, chez Hermine une âme franche, expansive, enthousiaste, une intelligence active, de rares aptitudes musicales, une voix magnifique.

Il eût fallu, sans doute, d'autres études que les études possibles à Lorient, un autre milieu, pour développer complétement des facultés aussi exceptionnelles. A dix-sept ans, néanmoins, la beauté de la jeune fille avait toute sa grâce, ses aspirations, toute leur ardeur. Rien n'est, du reste, plus opposé à ce qu'on entend généralement par la vie de province, que la vie des ports de mer. Dans les petites villes du centre de la France, la tradition, la coutume, la monotonie de l'existence écrasent les âmes les plus robustes; la conversation ne s'y aventure jamais plus loin que l'ombre du clocher. Dans les ports de mer, au contraire, la société, composée presque en totalité de fonctionnaires, se renouvelle sans cesse ; de ce va-et-vient continuel des personnes résulte forcément la circulation des idées. La vie des pères, des frères, des maris, réagit sur le foyer domestique. On s'entretient plus souvent à Lorient de la Havane, de Macao, de Rio-Janeiro que du chef-lieu du département. Les brusques changements de climat, de mœurs, d'habitudes, l'imprévu, les hasards, les séparations précipitées, les grands spectacles de la nature, mettent d'ailleurs dans toute âme de marin un grain de poésie, de passion, de rêverie. Le lieutenant Tranchevent ne faisait pas exception à la règle commune. Pour lui, le point lumineux de la sphère terrestre, c'était Smyrne. Dès qu'on prononçait devant lui le nom de cette ville bien-aimée, ses regards s'attendrissaient, son imagination enflammée évoquait d'innombrables souvenirs.

— Quel calme pendant les nuits d'été ! quelle splendeur ! Quel entrain dans les fêtes ! Quels paysages grandioses ! Quel beau ciel ! Quels flots purs !

A Smyrne, dans les jours lointains de sa jeunesse, le lieutenant de marine s'était cru aimé. L'éloge exclusif des Smyrniotes avait causé plus d'une secrète colère à madame Tranchevent.

— Elle est encore plus belle qu'une fille de Smyrne ! s'était dit Tranchevent avec un véritable enivrement d'orgueil, le première fois qu'il avait conduit sa fille Hermine au bal.

Le lieutenant avait un faible pour sa dernière enfant. Il se chargea de son instruction, lui apprit ce qu'il savait d'anglais et d'italien, et n'hésita jamais à donner pour professeur de chant à son Bengali, comme il appelait Hermine, les artistes parisiens de passage en Bretagne, les leçons de ces artistes coûtassent-elles vingt francs le cachet. Dans certaines grandes villes, des dépenses aussi peu en rapport avec la dot d'une jeune fille sont souvent une spéculation matrimoniale. A Lorient, à moins de circonstances absolument improbables, la ravissante beauté d'Hermine, sa supériorité intellectuelle, ses talents, équivalaient à une condamnation au célibat. Nul n'eût osé, même en pensée, exiger qu'une telle femme consacrât toute son énergie, toute sa puissance de volonté, à la solution du douloureux problème qui pèse dans les ports de mer sur la plupart des existences féminines : vivre et faire vivre mari, enfants, nourrices, avec dix-huit cents ou deux mille francs par an. Devant Hermine, les plus étourdis, les plus passionnés prenaient leurs précautions contre l'amour.

— Avéc quel bonheur je l'épouserais, si j'avais seulement cinq mille francs de rente ! se disait chaque soir quelque pauvre garçon, troublé par la beauté d'Hermine, ému jusqu'aux larmes par les accents magiques de sa voix.

Qu'on n'aille pas croire pourtant que les jeunes officiers de marine sont des coureurs de dot. La facilité avec laquelle bon nombre d'entre eux épousent, dans n'importe quelle partie du monde, la première jeune fille venue qui se dit compromise par eux prouve assez la naïveté, le désintéressement des marins. Garantis contre la misère, et ne pouvant jamais, quelque effort qu'ils fassent, atteindre à la fortune, les marins sont peut-être les seuls hommes de notre époque, qui se préoccupent médiocrement des questions financières. Ils dépensent le peu d'argent qu'ils gagnent sans aucun souci de l'augmenter. Ce ne sont pas non plus des roués que les officiers de marine. Bien qu'ils se permissent quelques plaisanteries sur le père d'Hermine, toute tentative pour nouer une intrigue d'amour avec la fille du vieux lieutenant leur eût semblé une action coupable. Tranchevent, d'autre part, surveillait soigneusement ses filles.

— Il serait beau vraiment qu'on pût soupçonner une Tranchevent de faire la chasse aux maris, ou de se laisser conter fleurette par un garçon qui ne songe pas à l'épouser ! disait-il quelquefois, en manière de viatique moral, au moment de partir pour le bal avec sa famille.

A défaut d'un rigorisme exalté en matière d'honneur, l'enthousiasme immodéré du bon lieutenant pour le nom jadis sénatorial de Tranchevent eût suffi pour lui inspirer cette austère sortie.

Madame Tranchevent avait sur ce point une tout autre manière de voir.

— On n'épouse pas une fille pauvre sans l'aimer, et on ne peut guère arriver à l'aimer sérieusement sans lui faire un peu la cour, disait-elle quelquefois avec tristesse à son mari. Si tu éloignes de tes filles tous les jeunes gens qui semblent les trouver à leur gré, ni Caroline, ni Hermine ne se marieront jamais.

— Je connais les hommes, je sais ce que j'ai à

faire, répondait le lieutenant d'un ton qui terminait la discussion.

Nous avons dit que la sévérité paternelle n'était pas le seul obstacle au mariage d'Hermine. Bien loin d'ailleurs de partager les inquiétudes de sa mère, la jeune fille, après être allée pendant deux hivers dans le monde, ne s'était pas encore demandé une seule fois pourquoi bon nombre de ses compagnes, laides, insignifiantes, vulgaires, étaient mariées ou courtisées, tandis qu'elle, dans la foule nombreuse de ses admirateurs, n'avait pas rencontré un seul amant. A dix-huit ans, les rêves semblent devoir remplir toute la vie. Disons-le aussi, bien qu'Hermine fût absolument étrangère aux calculs ambitieux, la sphère où elle vivait était trop peu appropriée à sa nature pour qu'instinctivement elle ne redoutât pas de s'y fixer. Ses relations de société, ses amitiés, contribuaient à l'entretenir dans la pensée qu'elle pouvait tout souhaiter, que le monde entier se trouvait ouvert devant elle.

Parmi les jeunes femmes qu'elle voyait le plus souvent se trouvaient une Française de Pondichéry,

une Anglaise de Calcutta, une créole de Cayenne,
une Espagnole de Lima. Cette dernière avait été
l'héroïne d'une singulière odyssée : l'un des amis
de son fiancé fut chargé de l'épouser par procura-
tion, ce fiancé se trouvant impérieusement re-
tenu en France. Après la cérémonie du mariage,
la jeune épousée s'était embarquée seule sur un
navire marchand. En route, plusieurs hommes
de l'équipage, puis le capitaine lui-même, mou-
rurent de la fièvre jaune. Le navire arriva à
grand'peine jusqu'à Rio, où la jeune femme passa
deux mois sans protection aucune. Le commandant
d'un bateau à vapeur de l'État en partance, ayant
appris enfin sa situation, lui offrit de la conduire
vers son mari. Elle accepta : une tempête furieuse
assaillit le navire en pleine mer, et, sans l'assis-
tance inespérée d'un steamer américain, c'en était
fait des passagers et de l'équipage.

— J'aime tant Georges, que je suis heureuse d'a-
voir subi pour lui ces dangers et ces angoisses, disait
la jeune femme avec une exaltation toute méridio-
nale, quand on lui rappelait le passé.

Si de telles péripéties n'étonnaient guère des hommes pour qui les aventures sont la vie ordinaire, elles ne pouvaient manquer de frapper étrangement l'imagination ardente et naïve d'une jeune fille. C'est la possibilité entrevue qui attise les désirs, non l'impossibilité, comme on l'a niaisement répété longtemps. En Champagne ou dans la Beauce, Hermine n'eût probablement jamais songé à mettre le pied hors de la France; sur les côtes de la Bretagne, il lui semblait presque certain qu'un jour viendrait où, elle aussi, parcourerait les terres lointaines et merveilleuses dont on l'entretenait avec tant d'enthousiasme, qu'elle aussi vivrait de cette vie ardente, agitée, que la plupart de ses amies avaient connue dans les belles contrées du soleil.

Une jeune fille de vingt ans, la plus intime compagne d'Hermine, devait surtout exercer une grande influence sur sa destinée. Le père de Camille avait été pendant longtemps gouverneur de Bourbon; sa femme y était morte alors que Camille comptait seize ans à peine. Dans une position où elle n'était entourée que de flatteurs, la jeune fille avait donc joui d'une indépendance absolue. Quelles qu'eussent été d'ailleurs les circonstances, les penchants de Camille se fussent développés et satisfaits. Camille était ce qu'on appelle vulgairement une femme trois fois femme : bien qu'on puisse rêver un type plus élevé, plus aimant, plus pur, celles qui lui ressemblent sont seules organisées peut-être pour trouver le bonheur à notre époque. Naïvement rouée, parfaitement à l'aise dans le mensonge, au fond sans fierté aucune, assez indifférente de cœur et voluptueuse à l'excès, bienveillante avec les jeunes femmes parce que la vanité entrait pour peu de chose dans ses passions, souple, caressante, flatteuse avec les hommes, de quelque âge, de quelque apparence qu'ils fussent, n'exigeant d'eux ni grandes qualités, ni excessive délicatesse. Camille était déclarée une femme ravissante par tous ceux qui l'approchaient, même par les mères de ses amies, avec lesquelles elle se montrait sans nul effort d'une docilité touchante, d'une ingénuité enfantine.

Hermine subit comme les autres le charme de

Camille, plus que les autres même, car sa parfaite
sincérité, sa candeur immaculée, ne lui permettaient pas d'épeler le premier mot du caractère de
son amie. L'immense besoin d'amour, qui trouble à
leur insu les jeunes âmes fortes et chastes, contribuait peut-être un peu à rendre Camille chère à
Hermine. Les intonations attendries, les regards
pénétrants, les démonstrations passionnées que les
femmes pudiques et vraiment tendres réservent
pour un seul, Camille les prodiguait volontiers; ses
caresses, ses causeries abandonnées, mirent dans
l'existence d'Hermine des émotions que le Bengali
avait ignorées jusque-là. Ce fut comme une vague
révélation du sentiment inconnu auquel elle aspi-
rait sans le savoir.

Le lieutenant et sa femme étaient trop simples
de pensées, trop austères de mœurs, pour voir autre
chose dans Camille qu'une douce et affectueuse enfant. Ils permettaient donc volontiers à leur fille de
passer de longues soirées seule avec son amie. Les
fenêtres de Camille s'ouvraient sur le quai, vue peu
grandiose; mais on découvrait cependant quelques

arbres, de l'eau, le ciel. En été, la nuit venue, quand une brise chaude entrait par les croisées ouvertes, il arrivait souvent à Camille de prendre Hermine par la taille et de l'entraîner doucement vers le piano ; puis, après avoir posé, tout près d'elle, de grands vases pleins d'héliotropes, de jasmins et de tubéreuses, elle soufflait les bougies.

—Chante, mon Bengali, ma petite Hermine, mon ange, disait-elle à son amie en l'embrassant. Cette obscurité, cette brise tiède, ces parfums, c'est Bourbon, vois-tu, c'est mon beau paradis ! J'étais si heureuse alors, je souffre tant aujourd'hui ! (Elle s'était follement amusée au bal de la veille.) — Tiens, continuait-elle en s'agenouillant sur le tapis et en posant sa tête blonde sur les genoux d'Hermine ; c'était ainsi qu'*il* passait des heures entières. Mon père faisait son whist dans le salon voisin, la porte ouverte ; il ne comprenait rien à ma passion pour la musique, surtout à l'étrange fantaisie de chanter dans l'obscurité. La porte du salon s'ouvrait sur la terrasse ; *il* sortait dès qu'il avait salué mon père et entrait par la fenêtre dans le boudoir. Quelles émotions ! Si mon père l'avait su près de moi, il nous aurait tués tous les deux. Que m'importait ? Je l'aimais tant ! Comme il doit souffrir loin de moi ! Que je suis malheureuse !

Et Camille se jetait en pleurant au cou d'Hermine.

— Ces fleurs enivrent, ne trouves-tu pas ? reprenait-elle en s'agenouillant de nouveau ; il emportait chaque soir les violettes qui s'étaient fanées sur mon cœur ; leur parfum, c'était moi encore disait-il...

Beaucoup trop pure pour apprécier le rôle insignifiant joué par le cœur de Camille dans ces accès d'exaltation sensuelle, Hermine rêvait de sublimes amours, des dévouements infinis ; son imagination d'artiste s'enflammait, toute sa vie passait dans son chant. Les plus indifférents eussent frissonné en l'écoutant. Bientôt les larmes de Camille tombaient brûlantes sur les mains d'Hermine. La musique était oubliée, et les deux amies sanglotaient dans les bras l'une de l'autre. Le lendemain, Camille était insouciante, rieuse, coquette avec le premier venu, tandis qu'Hermine, profondément

troublée, ébranlée jusqu'au fond de l'âme, se ratta-
chait de toute sa force aux paisibles affections de la
famille, sans parvenir à retrouver le calme perdu.

C'était un spectacle charmant que de voir entrer
dans un bal les deux jeunes filles, les *deux inséparables*, ainsi qu'on les appelait d'ordinaire. La
beauté d'Hermine, poétique, originale, pleine de
feu et de séve mais d'une séve immortelle, d'un feu
céleste, produisait une sorte d'extase. L'apparition
de cette jeune fille dans le plus vulgaire salon y
évoquait une foule d'ombres divines. Les éternellement jeunes, les éternellement belles, — la fille
de Pharaon, Velléda, Haydée, Francesca et Ju-
liette, — devaient s'habiller, marcher, parler ainsi.
Quant à Camille, elle ne vous entraînait ni sur les
rives du Nil, ni vers les îles de l'Ionie ; on ne tour-
billonnait pas avec elle dans l'espace immense, on
ne s'égarait pas à sa suite dans la forêt sacrée, on
ne mourait pas de sa mort. Devant Camille, on
songeait au printemps, aux oiseaux, aux fleurs, aux
rires éclatants, aux larmes folles, quelquefois un
peu à la robe élégante qui faisait si bien ressortir

sa taille ; souvent, très-souvent, à l'effet splendide que devaient produire sur ses épaules, si blanches, les flots dorés de sa magnifique chevelure, quand le soir, devant sa glace, elle la dénouait pour la nuit.

Pas de jalousie possible entre Hermine et Camille. Sans doute on s'occupait davantage d'Hermine ; mais ceux qui écoutaient religieusement son chant, ceux qui la proclamaient bien haut sans pareille, sans égale, répétaient peu après bien bas à Camille qu'elle seule était délicieuse, enivrante, et qu'ils donneraient tout au monde pour entendre sortir de sa bouche une parole d'amour. Camille n'en désirait pas plus.

Au moment même où la dangereuse amitié de Camille avait surexcité l'imagination d'Hermine et développé ses facultés aimantes, une autre liaison vint donner un essor puissant à ses instincts d'artiste. Le lieutenant Tranchevent reçut, au mois d'avril 1846, une lettre qui lui rendit ses vingt-cinq ans pendant plusieurs heures. Cette lettre était écrite par une prima donna italienne que Tranchevent avait beaucoup connue, vers 1840, à la Havane. La

Ginevra était restée simple et dévouée au milieu d'éclatants triomphes. Voyant à Cuba beaucoup d'officiers de la marine française, elle s'était prise d'amitié pour le brave lieutenant. Pendant une épidémie, elle avait tout négligé pour donner à Tranchevent des soins assidus qui lui avaient sauvé la vie. Tranchevent parlait souvent de la Ginevra, et toujours avec enthousiasme. Il y avait quelque arrière-souvenir de la prima donna dans l'importance qu'il attachait au talent musical de sa fille.

La Ginevra annonçait à Tranchevent son arrivée en France. Les médecins lui conseillaient de prendre des bains de mer, sa santé ayant été assez sérieusement altérée par une longue traversée. Elle s'était d'abord établie dans les environs de Nantes ; mais cette ville, et surtout ses habitants, lui déplurent tellement, qu'elle voulut se rapprocher de ses anciens amis de la marine. Tranchevent fut chargé de lui louer un appartement pour trois mois. Le lieutenant fit avec joie ce que lui demandait la prima donna et n'hésita point à la recevoir dans sa

famille dès le premier jour de son arrivée à Lorient.
La prima donna échappant, de par le lieu de sa naissance, au code de morale maritime dont nous avons
signalé l'austérité à l'endroit des nationaux, toutes
les portes s'ouvrirent devant ce talent supérieur. On
organisa, spécialement pour la Ginevra, plusieurs
soirées à la préfecture. Même auprès de la célèbre
cantatrice, Hermine avait un rôle brillant dans ces
fêtes.

— *Caro*, c'est mal de m'avoir caché cela, dit au
lieutenant, la grande artiste, la première fois qu'Hermine chanta devant elle ; cette enfant est une merveille ! Toute la terre devrait être aux pieds de votre
Bengali.

Pendant les trois mois de son séjour en Bretagne, la Ginevra passa toutes ses matinées avec
Hermine. Elle faisait répéter à la jeune fille les
duos qu'elles devaient chanter le soir ensemble, et
lui enseignait tout ce qui dans l'art peut s'apprendre. Une mère n'eût pas donné plus de soins
à son enfant.

La veille du jour fixé pour son départ, la Ginevra

entra sans se faire annoncer dans la chambre de madame Tranchevent, au lieu de se diriger, comme de coutume, vers le petit salon où l'attendait sa jeune élève.

— *Caro*, dit-elle brusquement au lieutenant, qui, selon l'habitude traditionnelle des marins, mettait pour la trentième fois en ordre une collection de coquillages ; *caro*, a-t-on souvent demandé votre Bengali en mariage ?

Madame Tranchevent était en ce moment occupée à coller des coquilles sur de petits morceaux de carton. Une magnifique hélice lui échappa des mains, ses traits se décomposèrent ; elle rougit jusqu'à la racine des cheveux.

— Ma foi, répondit le lieutenant avec sa franchise habituelle, à l'exception d'un de mes vieux camarades que j'ai traité de fou, personne, à ma connaissance, n'a eu cette idée.

— Hermine est encore si jeune ! ne put s'empêcher d'ajouter madame Tranchevent.

— Je l'avais deviné, dit tranquillement la Ginevra. Hermine ne se mariera jamais ici.

— C'est bien possible, dit philosophiquement le lieutenant.

— C'est certain. Ce qu'il faut avant tout dans votre pays, ce sont des femmes de ménage. Hermine est impropre à ces fonctions-là.

— Vous vous trompez, interrompit vivement madame Tranchevent, attaquée dans les principes qu'elle croyait avoir inculqués à sa fille. Hermine est parfaitement capable de conduire une maison, d'élever ses enfants.

— Sans doute, en contrariant toutes ses inclinations, en étouffant tous ses instincts, en accomplissant des prodiges d'énergie et d'abnégation, elle arrivera à faire assez mal ce que beaucoup d'autres femmes feront parfaitement bien, sans peine aucune, en suivant seulement la pente de leur nature. — *Carissimo*, continua la prima donna en se tournant vers Tranchevent, votre Bengali est née grande dame, princesse. Puisqu'il n'y a dans votre pays ni grands seigneurs, ni princes pour l'épouser, — les grands seigneurs et les princes sont rares partout aujourd'hui, — il faut que vous

2.

lui permettiez de conquérir elle-même son titre, de monter par ses propres forces jusqu'à la place qu'elle est faite pour occuper.

Tranchevent ne voulait pas comprendre où allait aboutir la Ginevra. Il nettoyait soigneusement une conque de Vénus sans lever les yeux sur elle.

— M'entendez-vous, cher lieutenant? reprit la prima donna après un silence. Il faut qu'Hermine... entre au théâtre...

Madame Tranchevent regarda la Ginevra, comme si la cantatrice lui avait proposé de livrer son enfant au minotaure de Crète.

— C'est impossible, chère amie! s'écria le lieutenant avec un mouvement d'impatience mitigé par sa sympathie pour l'artiste.

La Ginevra ne se troublait pas pour si peu.

— C'est, au contraire, la chose la plus simple du monde, reprit-elle. Venez tous les deux à Paris avec votre Hermine. Je me charge de son succès. Elle vous gagnera en une seule soirée plus d'argent que le roi ne vous en donne par an. Vous verrez quel bonheur! N'ai-je pas eu moi-même du succès à rendre folle? Eh bien, votre Bengali vaut cent fois mieux que moi. Elle a une plus belle voix, elle est plus belle, plus fière, surtout mieux élevée. Moi, je suis la fille d'un jardinier de Milan ; une vieille princesse à laquelle j'allais porter des fleurs, m'a prise en amitié et m'a donné des maîtres de musique. Dieu lui rende au ciel le bien qu'elle m'a fait ! car l'art pour une femme, c'est la consolation de l'âme, c'est la liberté, c'est le bonheur...

Les grands yeux noirs de la Ginevra rayonnaient; elle était bien belle en ce moment.

— *Carissimo*, poursuivit-elle d'une voix suppliante en saisissant la main de Tranchevent, songez au bonheur de votre fille ! Il vaudrait mieux la condamner à mort que de la garder ici...

Le lieutenant restait muet. La raison lui criait que la prima donna disait vrai; mais les cris de ses connaissances ! mais, surtout, l'honneur du nom de Tranchevent!

— Hermine est assez raisonnable pour se conformer à sa situation, quelle qu'elle soit, répondit la femme du lieutenant.

Madame Tranchevent eût été plus émue, plus
ébranlée que son mari, si elle avait pu attacher
quelque importance aux paroles de la Ginevra. Ce
somptueux, cet éblouissant avenir dont parlait la
prima donna était si loin des mesquineries de sa
vie, qu'elle n'y voyait guère, la pauvre femme,
qu'une brillante fantasmagorie sans réalité aucune.

— Ne parlons plus de cela, Ginevra, dit résolûment le lieutenant, honteux d'avoir un instant
oublié devant la grande artiste, devant sa consolatrice de la Havane, ses principes français et
domestiques. Vous êtes une bonne, une ravissante
femme ; je vous admire et je vous aime, mais
nous ne pourrons jamais nous entendre sur ce
point, poursuivit-il d'une voix plus douce, en
serrant amicalement les mains de la Ginevra dans
les siennes.

— Je suis trop satisfaite de mon sort pour être
susceptible, dit la prima donna avec tristesse. J'en-
tends bien que vous rougiriez de voir votre fille au
théâtre ; mais, quand vous verrez le Bengali couché
dans sa tombe après un long martyre, vous régret-

terez peut-être de n'avoir pas écouté la Ginevra.

La charmante femme quitta presque aussitôt l'appartement, les yeux pleins de larmes.

II

Cette scène se passait juste au moment où le rigide marin méditait son épitre au ministre. Deux mois plus tard, au commencement d'octobre, le lieutenant était installé à Hennebon avec toute sa famille.

Les dix-huit cents francs de retraite de Tranche-vent, ajoutés aux quatre cents francs de sa femme, formaient un total de deux mille deux cents francs de revenu, sur lesquels devaient vivre cinq personnes, en comptant une grosse fille nommée Jeannette, qui servait depuis cinq ans dans la maison. Si (éventualité possible) le lieutenant mourait avant sa

femme, madame Tranchevent et ses deux filles
seraient réduites à quatre cents francs par an.
Voilà quel était le présent, quel était l'avenir d'Hermine !... Personne maintenant, pas même sa
mère, ne songeait à la chance d'un mariage. Puisqu'à Lorient, en trois années, avec tous ses succès
de beauté et de talent, la jeune fille avait rencontré si peu de prétendants ; qui pourrait venir la
déterrer à Hennebon ?

Une chose qui peint bien la province, c'est que
deux lieues, à peu près la distance de Notre-Dame-
de-Lorette au Panthéon, suffisent pour mettre des
abîmes entre la population de Lorient et la population d'Hennebon. Les personnes les plus fêtées dans
les salons lorientais son complétement oubliées
dès qu'elles ont passé quelques mois dans le *campo
santo* que nous avons décrit.

Le départ pour Hennebon marqua une époque
décisive dans la vie morale d'Hermine. Le milieu
lorientais ne lui était pas assez antipathique pour
exciter dans son esprit de grandes révoltes ; par
plusieurs côtés même, il favorisait ses aspirations.

Du petit coin de la côte bretonne où elle se
transformait insensiblement d'insouciante jeune
fille en femme, Hermine entrevoyait des perspec-
tives immenses et son cœur, son âme, sa fantaisie,
s'y ébattaient par avance à pleines ailes. Pendant la
première semaine qu'elle passa à Hennebon, la fille
du lieutenant regarda pour la première fois son
avenir en face, et n'y découvrit rien, absolument
rien... Elle allait avoir vingt ans. Dans dix ans,
dans trente ans, son existence serait ce qu'elle était
aujourd'hui.

S'il est un supplice atroce entre tous pour une
créature pleine de vie, prête à s'élancer radieuse
vers ce qui illumine et réchauffe l'âme, c'est celui
de se sentir annulée à jamais par un hyménée
contre nature, avec l'immobilité morne, l'inertie
maussade, le néant. Les luttes de la passion com-
battue par la conscience, les plus douloureux sacrifices sont du bonheur, comparés à cette souffrance. Qui accuser pourtant ? Les parents d'Hermine n'étaient certes point des tyrans ; ils aimaient
leur fille et se croyaient excellents pour elle. Her-

mine sanglota pendant plusieurs nuits et désira
mourir, puis elle s'accusa elle-même, comme la
plupart des opprimés. Enfin elle essaya de se résigner. Aux questions affectueuses de la Ginevra
sur sa nouvelle existence, elle avait d'abord répondu avec désespoir; ses lettres devinrent insensiblement plus calmes.

« J'ai fait hier, lui écrivait-elle, une promenade
qui m'a rendu quelque courage. Ma mère m'avait
confiée à l'une de nos nouvelles connaissances,
madame Chabriat. Madame Chabriat est une femme
de cinquante ans, très-bonne, je crois, et certainement très-originale. Fille et veuve de médecin, elle
s'adonne avec passion aux études médicales, et
professe avec une verve singulière des doctrines
tout à fait opposées aux axiomes de l'école. Ce qui
vaut bien mieux encore, elle guérit ses malades.
Comme ses cures sont gratuites, sa clientèle est
nombreuse. A toutes les heures du jour et de la
nuit, le plus souvent à pied, par des chemins affreux, sous le soleil, sous la neige, sous la pluie,
elle court vers ceux qui réclament ses soins. Des

malheureux qu'elle a arrachés à la mort, elle s'est
fait une famille.

» — C'est ma fille, cette enfant-là ! me disait-
elle d'un ton joyeux en embrassant une charmante petite fille de dix ans sortie à notre approche d'une misérable chaumière. Sans moi, le
croup l'emportait ; les médecins l'avaient abandonnée déjà quand je suis arrivée près de son lit.

» Madame Chabriat est peu indulgente envers
ses confrères, qui, du reste, dit-on, lui rendent en
noires méchancetés ses impertinentes attaques. A
quelques pas de la chaumière, pendant que la
petite fille sautillait encore autour de nous, un
vieillard, assis sur le bord de la route, s'est levé
pour venir remercier madame Chabriat de la guérison de sa sciatique. Madame Chabriat lui a demandé des nouvelles d'une douzaine de personnes
qu'elle soigne dans le même hameau, ou qu'elle a
jadis soignées. Nous suivions ce que l'on appelle ici
le *halage*, c'est-à-dire le bord de la rivière. Je
n'aurais jamais cru que la campagne pût être aussi
belle en plein hiver. Le Blavet coule en cet endroit

entre deux collines boisées. Les rameaux desséchés
des grands châtaigniers, se dessinant sur un ciel
parfaitement pur, couronnaient les hauteurs d'une
frange vaporeuse. D'épais taillis de chênes, dont
l'automne brunit les feuilles sans les abattre des-
cendaient jusqu'au bord de l'eau. Des bouquets de
sapins noirâtres s'échelonnaient çà et là sur la
montagne. La rivière, reflétant le soleil et le ciel
bleu, semblait plus bleue, plus étincelante, plus
limpide par le contraste de toutes ces teintes effa-
cées ou lugubres.

» Aiguillonnées par un froid piquant, nous mar-
chions sur la terre durcie avec une rapidité qui
était à elle seule une jouissance. Madame Chabriat
ne se préoccupait guère du paysage, mais sa verve
ne tarissait pas. Selon sa coutume, elle argumen-
tait contre des adversaires absents avec une énergie
un peu brutale.

» — Vous voilà fraîche comme une rose maintenant, me dit-elle tout à coup en me regardant en
face. Eh bien, ma pauvre enfant, vous faisiez peur
ce matin quand j'ai demandé à votre mère la per-

mission de vous emmener. Le grand air, l'activité encore, et toujours l'activité voilà le préservatif de tous les maux. *Ils* (cela veut toujours dire les médecins) font de grands traités sur les maladies spéciales de la femme ; je leur dis, moi, qu'ils n'y entendent rien. La femme n'a qu'une maladie spéciale, c'est l'oisiveté. Voilà ce qui vous enlaidit, ce qui vous vieillit, ce qui vous tue. Est-ce qu'on me voit jamais malade, moi ? Est-ce qu'il n'est pas historiquement prouvé que toutes les femmes célèbres dans la politique, dans les lettres, dans les arts, ont joui d'une santé robuste ? Que veut dire ce privilége, je vous prie ? *Ils* voient qu'une pensée nous fait rire, et qu'une autre nous fait pleurer, résultat matériel, je crois, et *Ils* n'ont jamais soupçonné que l'exercice de nos facultés intellectuelles et morales, que le développement complet de notre personnalité sont indispensables au fonctionnement normal de nos organes ; mais *elles* sont encore plus lâches qu'*ils* ne sont ignorants et de mauvaise foi. « Que faire ? me disent-elles toutes ; que faire ? » Eh ! croyez-vous qu'il m'ait été si facile de faire quelque chose ?

J'avais tout contre moi, même la loi, ce qui ne m'a pas empêchée de plus soigner de malades, surtout d'en plus sauver, que les docteurs à diplômes. Que faut-il donc? Il ne faut que vouloir.

» Madame Chabriat me laissa sur cette péroraison, et gravit la montagne pour déterrer derrière un rocher, sous les mousses et les lichens, une plante dont elle me vanta les vertus curatives. Notre excursion avait, bien entendu, pour but une consultation médicale; il s'agissait d'un éclusier malade de la poitrine. Quand nous arrivâmes, après deux heures de marche, à la maison de cet homme, madame Chabriat me défendit d'y entrer avec elle. Je m'assis tout près de l'écluse, sur le tronc d'un vieux noyer renversé par le vent. En face de moi, le soleil, près de disparaître, empourprait l'horizon, et donnait aux arbres dépouillés, qui surmontaient la colline, une coloration et des formes bizarres. Pendant que ce coin du ciel resplendissait, l'eau de la rivière devenait à chaque instant plus noire; la cascade de l'écluse, qui tout à l'heure jouait avec les rayons, tombait mainte-

nant sombre, presque terrible. Vous auriez, j'en
suis sûre, trouvé cela bien beau, ma chère Ginevra ! Je passai près d'une demi-heure devant ce
spectacle, songeant à vous et faisant aussi un
sévère retour sur moi-même.

» Dans ce même milieu, qui me semble à moi si
froid, si morne et si vide, cette bonne madame
Chabriat parvient à satisfaire tous ses besoins d'activité et de sympathie : elle sait donner à sa vie un
noble but ; son existence est utile, et de plus elle
est heureuse. Est-il impossible d'accomplir dans
une autre sphère ce qu'elle réalise dans la sienne ?
Les obstacles qui me paraissent invincibles le sont-
ils plus que ceux dont elle triomphe chaque jour ?
Il faut vouloir, dit-elle. Qu'ai-je voulu jusqu'ici ?
Au lieu d'accuser la destinée, ne devrais-je pas at-
tribuer toutes mes souffrances à ma faiblesse, à
l'inertie de mon âme ?

» J'étais absorbée dans ces pensées quand
madame Chabriat revint près de moi. Il faisait
nuit, et nous reprîmes en toute hâte la route
d'Hennebon.

» A l'entrée de la ville, madame Chabriat causa pendant quelques instants avec deux personnes que j'avais à peine entrevues jusqu'alors. L'une est la plus jeune de quatre demoiselles qui semblent depuis longtemps habituées à cette triste vie d'Hennebon, les demoiselles Simonin ; l'autre se nomme Angélina Richard. Malgré l'altération de ses traits, on devine que mademoiselle Simonin a dû être jolie. Quant à mademoiselle Richard, elle paraît spirituelle ; mais il y a dans sa parure et dans sa toilette je ne sais quoi de décidé et d'excentrique qui étonne, surtout à Hennebon. Madame Chabriat témoigna une préférence marquée à Martine Simonin.

» — Pauvre fille ! me dit-elle en me parlant de Martine dès que ces demoiselles se furent éloignées ; elle serait belle encore, si elle pouvait réussir à trouver un mari. C'est le chagrin d'avoir été abandonnée qui la maigrit et la pâlit comme vous voyez.

» Martine Simonin, me raconta madame Chabriat, a attendu pendant huit années que son fiancé, sortît de l'École normale, se fût créé une position lucrative. Le lendemain d'un brillant succès littéraire, ce jeune homme, au lieu de se diriger vers la Bretagne, partit pour l'Italie. Une lettre datée de Naples vint annoncer à la pauvre Martine que la philosophie est une maîtresse jalouse, exigeant de ses serviteurs, dût leur cœur se briser, le sacrifice de toutes les affections terrestres.

» Madame Chabriat m'entretint ensuite de mademoiselle Richard.

» — Elle a passé, me dit-elle, quinze ans à Paris, suivant les cours du Conservatoire, et nous étourdissant du bruit de ses succès futurs ; puis, un beau matin, elle est revenue à Hennebon avec sa mère, n'y rapportant qu'un médiocre talent de pianiste, une figure fanée et des oripeaux de mauvais aloi. Elle donne maintenant des leçons de musique. Quoiqu'il coure de singuliers bruits sur son compte, on la reçoit partout. Ses bons mots amusent de pauvres sots désœuvrés, comme il y en a tant ici ; surtout sa méchanceté effraye. A votre table, elle vous divertit aux dépens du voisin ; chez le voisin, elle ferait-rire à vos dépens. C'est à qui l'invitera.

» Madame Chabriat, si bienveillante pour mademoiselle Simonin, m'a semblé bien sévère pour mademoiselle Richard. Les déceptions d'Angélina ont peut-être été plus cruelles encore que celles de Martine; mais j'ai déjà remarqué chez madame Chabriat une singulière indulgence pour les êtres faibles et maladifs. Très-intolérante comme femme, elle excuse tout comme médecin. J'ai tort d'analyser les travers d'une personne que j'estime et que je respecte. Dans la mesure de mes forces, je veux imiter madame Chabriat, je veux sortir de ma torpeur. Je deviendrai l'amie de Martine et d'Angélina. Mademoiselle Richard est musicienne : ne pourrions-nous, en unissant nos efforts, développer chez ceux qui nous entourent l'amour de la musique? Ne serait-il pas beau d'initier à de nobles jouissances de pauvres gens ennuyés et méchants par ennui? — Bercée par ces rêves, je me suis endormie hier presque joyeuse. »

La Ginevra n'était pas la confidente qu'il eût fallu en ce moment à Hermine. Une vie indépendante et active avait largement développé l'imagination, le caractère et le cœur de la prima donna; mais la prudence, l'esprit de résignation, lui étaient à peu près inconnus.

— Mon pauvre Bengali, s'écria-t-elle après avoir lu la lettre d'Hermine, qu'auront-ils fait de toi dans un an, puisque si peu de semaines ont suffi pour calmer tes révoltes, et pour te faire envier la destinée de madame Chabriat? Des cris de douleur m'affligeraient moins que cette acceptation prompte et facile, d'une existence pire que la mort. Me serais-je trompée sur toi?

En répondant à Hermine, la Ginevra dut faire un violent effort sur elle-même pour cacher sa tristesse, presque son irritation. Une nouvelle lettre du Bengali vint bientôt calmer ses inquiétudes d'artiste.

« Je suis plus découragée que jamais, écrivait Hermine. Toutes mes tentatives pour donner un intérêt, une utilité quelconque à ma vie, échouent. Les cœurs se ferment devant le mien. Le récit de madame Chabriat m'avait inspiré une sincère sympathie pour Martine Simonin.

» — Vous avez beaucoup souffert, je le sais, lui ai-je dit l'autre soir avec effusion, après l'avoir entendue prononcer quelques paroles amères contre les hommes.

» — Je vois qu'on s'est moqué de moi devant vous, m'a répondu aigrement Martine. Soyez tranquille, votre tour viendra bientôt; vous n'aurez pas toujours dix-neuf ans.

» Tous mes efforts, pour pénétrer dans cette âme froissée, ont été inutiles ; je crois même qu'ils m'ont valu l'antipathie de Martine. Du côté de mademoiselle Richard, je n'ai pas été plus heureuse. Je lui ai proposé d'étudier avec moi la musique italienne que vous avez eu la bonne pensée de m'envoyer.

» En travaillant ensemble, nous ferons plus de progrès, lui ai-je dit.

» — Des progrès! s'est-elle écriée avec un rire moqueur, vous voulez faire des progrès à Hennebon? Pour qui et pour quoi, je vous prie? Si j'ai un conseil à vous donner, c'est de fermer à tout jamais votre piano.

» J'ai voulu consulter madame Chabriat, lui confier mes désillusions et mes tristesses ; je me suis vite aperçue qu'en dehors de la médecine, rien ne l'intéresse beaucoup. Les contradictions, les sarcasmes, les violentes persécutions des médecins, dont elle menace les intérêts, la maintiennent, d'ailleurs, dans une telle excitation d'esprit, qu'elle n'a guère le loisir de s'occuper des ennuis des autres. A mon complet isolement moral, à l'uniformité d'une existence sans but, vient s'ajouter le supplice d'entendre éternellement déchirer cinq ou six personnes, toujours les mêmes, qui, depuis dix ans, vingt ans et plus, sont le sujet de toutes les observations, le point de mire de toutes les plaisanteries. Madame Chabriat est maltraitée entre toutes ; ses travaux persévérants, son ardeur, les services réels qu'elle rend aux malheureux, ne sont ici qu'un titre au ridicule. Que faire ? que devenir ?... Conseillez-moi, rendez-moi quelque force ; expliquez-moi, si vous le pouvez, pourquoi mon affection, si chaleureusement offerte, a été partout repoussée. »

Quelques lignes écrites à la hâte furent toute la réponse de Ginevra.

« Tu me demandes pourquoi ton affection a été repoussée. Tu ne sais donc pas, ma pauvre enfant, que la lumière fait cruellement souffrir les yeux habitués aux ténèbres ? Ta jeunesse, ta beauté, ta sainte confiance, tes talents, troublent, offensent de tristes victimes du sort qui, depuis longtemps, se sont arrangées pour ne plus vivre, espérant ainsi ne plus souffrir... Tes rêves étaient insensés. Tu ne peux rendre la vie aux êtres inertes qui t'entourent ; mais eux, un peu plus tôt, un peu plus tard, finiront par étouffer toute vie en toi. Certains milieux agissent à la manière des glaciers : leur action insensible et lente échappe à l'observation, un jour arrive pourtant où toutes les fleurs de la vallée ont disparu sous la masse pesante et morne. »

Quand la Ginevra se repentit d'avoir écrit cette lettre, Hermine l'avait déjà lue.

La malheureuse enfant se débattit quelque temps encore, puis toute lutte cessa. Sa correspondance avec la Ginevra s'arrêta presque absolument, et ses lettres à Camille, expansives et interminables pendant les premiers mois qui avaient suivi la sépara-

tion des *deux inséparables*, devinrent courtes et
insignifiantes. A la grande surprise d'Hermine,
Camille ne semblait pas s'en apercevoir. Chose plus
surprenante encore, les lettres de cette amie si
tendre, si caressante, étaient depuis le premier jour
brèves, embarrassées, froides, quoiqu'un bon nombre d'épithètes passionnées y fussent semées à tort
et à travers. Cette froideur fut d'abord pour Hermine une douloureuse déception ; puis elle se dit que
son cœur, vide d'amour, se montrait trop exigeant
envers l'amitié, et elle garda quand même pour son
amie une affection vive et profonde. Il était convenu que Camille viendrait passer quelques semaines à Hennebon dès le retour de la belle saison.
Lorsque Hermine respira le parfum des premiers
lilas, et vit blanchir la première haie d'aubépine,
l'espoir de se retrouver bientôt avec sa chère Camille lui rendit un peu d'insouciance et de gaieté.
Deux lignes lues dans un journal par M. Tranchevent lui enlevèrent cette dernière illusion. Le *Mo-
niteur* annonçait la nomination du père de Camille
aux fonctions de préfet maritime à Cherbourg.

Presque aussitôt un billet arriva, un billet de quelques lignes seulement. Camille s'excusait de ne pouvoir aller jusqu'à Hennebon pour dire adieu à son amie; elle avait tant de préparatifs à faire! Elle engageait vivementHermine à venir passer quelques semaines auprès d'elle; mais il était contraire aux principes du lieutenant qu'une jeune fille restât plusieurs jours éloignée de sa mère; d'ailleurs, depuis sa mésaventure, il ne pouvait plus entendre de sangfroid nommer un port de mer. A vrai dire, M. Tranchevent s'accommodait pourtant fort bien de sa vie nouvelle. La promenade, le soin de ses coquillages, la lecture des journaux, les discussions politiques, le whist, surtout l'élucubration d'une nouvelle théorie des marées, remplissaient très-agréablement ses journées. Quant à madame Tranchevent, elle possédait ce qu'elle avait rêvé pendant de longues années, un jardin. Pour trois cents francs par an, la famille Tranchevent habitait une maison composée d'un rez-de-chaussée, d'un premier étage et de mansardes, plus une assez grande pièce de terre bornée au midi par un ruisseau, et séparée de la campagne par une haie vive. Sur la place du marché se trouvaient la salle à manger au rez-de-chaussée, la chambre de madame Tranchevent, servant de salon, au premier, et la chambre de Caroline dans les mansardes ; le cabinet de travail du lieutenant, la chambre d'Hermine et le fruitier s'ouvraient sur le jardin. Une sorte de niche, sous la cage de l'escalier, servait de chambre à coucher à la vieille Jeanne. L'unique fenêtre de la chambre d'Hermine était complétement entourée de vigne et de chèvrefeuille, dont les plus hautes branches montaient jusqu'au toit. Vis-à-vis de la porte d'entrée, au bout d'un long corridor, quatre marches conduisaient à un petit bâtiment servant de cuisine, par lequel il fallait absolument passer pour entrer dans le jardin. Un escalier extérieur, comme dans les chalets suisses, pour mieux dire une échelle, permettait d'aborder un vaste grenier très-éclairé, ménagé au-dessus de la cuisine. De la croisée d'Hermine, les yeux tombaient directement sur les cerisiers et les gros noyers, qui donnaient de l'ombre au jardin et sur le toit de chaume du grenier. En face,

derrière le ruisseau, des collines boisées, surmontées
à droite par un ancien couvent de capucins, s'abais-
saient vers la grand'route par une pente insensible. Ce paysage, sans horizon, était calme, doux,
riant à l'œil; de temps à autre, un coq chantait
dans une basse-cour voisine, ou bien quelque pi-
geon venait se promener coquettement sur l'épais
tapis de mousse qui recouvrait le chaume, sans
qu'une grosse chatte blanche, habitante ordinaire
du toit, daignât s'inquiéter des roucoulements pro-
vocateurs de l'intrus.

— Je suis peut-être condamnée à voir pendant
tous les jours de ma vie ces noyers, ces collines et
cette chatte, se disait quelquefois Hermine avec
accablement, quand elle lisait devant sa fenêtre
ouverte.

Au même moment, madame Tranchevent plan-
tait des dahlias, des jasmins et des rosiers dans les
plates-bandes de son jardin ; l'excellente femme
souriait d'avance aux fleurs de la saison prochaine,
et aux beaux arbustes qui l'abriteraient dans cinq ou
six ans. Caroline était heureuse comme sa mère ; ses

aptitudes domestiques avaient plus que jamais leur libre essor : elle réalisait en tous points l'idéal de l'honnête femme, de la femme qui n'a pas d'histoire.

L'existence que nous venons de décrire fut troublée un matin par une nouvelle tout à fait inattendue. Firmin Tranchevent, frère puîné d'Alexandre-Achille, annonçait sa prochaine arrivée à Hennebon. Fatigué, disait-il du tumulte de Paris, il voulait acheter en Bretagne une terre dans laquelle il passerait au moins neuf mois sur douze. Sa femme, ajoutait-il, était ravie de ce projet; elle se faisait une fête de lier enfin connaissance avec sa famille bretonne.

— Est-il heureux, ce paresseux de Firmin! s'écria le lieutenant en haussant les épaules. Allons, mes pauvres enfants, apprêtez-vous à être bientôt éclaboussées par les équipages de votre oncle! Il ne faut, cependant, rien négliger pour les recevoir de notre mieux, ajouta le lieutenant par esprit de famille, autant, au moins, que par bonté naturelle.

La carrière du second fils du sénateur avait été

de point en point la contre-partie de celle d'Alexandre-Achille. Tout lui avait réussi. N'ayant pu, malgré son nom, entrer dans la marine, tant son ignorance était notoire, il passa en plaisirs frivoles les quinze années de la restauration, et ne s'en trouva que mieux placé pour faire valoir les souvenirs républicains et impériaux laissés par son père, lorsque la révolution de juillet vint remettre en honneur la liberté et le patriotisme. Sous-préfet d'abord, puis préfet à trente-six ans, il fut destitué au bout de quatre années d'exercice par suite d'un bouleversement ministériel. Cette disgrâce l'attrista peu ; ses hautes fonctions lui ayant valu une riche alliance ; rien ne convenait mieux à son extrême indolence que la perspective de manger paisiblement les vingt-cinq mille francs de rente apportés par sa femme. Madame Louise Tranchevent ne pensait pas tout à fait de même ; s'étant mariée par ambition, un peu âgée déjà, elle regrettait amèrement les honneurs, les titres qu'elle avait rêvés. Chétive de formes, presque toujours souffrante, madame Louise Tranchevent, bien que fort miel-

leuse en paroles, et sachant même afficher au besoin des sentiments généreux, était au fond sèche,
rapace, envieuse, violente, comme presque toutes
les femmes passionnées auxquelles l'amour a fait
défaut. Elle n'aimait au monde que son fils Cyprien,
écolier de neuf ans, dans lequel s'incarnaient à
nouveau ses espérances déçues. Firmin était gouverné par sa femme, le savait, s'en irritait souvent,
mais par amour du repos ne se révoltait jamais.
Trois jours après l'arrivée de sa lettre, il débar-
quait sur la place d'Hennebon, accompagné de
Louise et de Cyprien, alors en vacances. Les Tranchevent aîné entourèrent la diligence et embrassèrent les nouveaux venus avec une cordialité expansive. En ce premier moment, madame Louise
Tranchevent fut jugée par tous bonne et gracieuse.
Hermine espérait déjà trouver une amie dans sa
tante. Sans perdre de temps, le brave lieutenant
entraîna sa belle-sœur et son frère vers sa maison.
Il était ravi jusqu'au fond de l'âme de donner l'hos-
pitalité à des parents aussi proches, à des Tranchevent. Caroline avait employé les trois jours précédents

à préparer sa chambre pour les hôtes attendus ; elle devait, elle, coucher dans le fruitier. Le lieutenant aurait cru manquer à tous ses devoirs en laissant son frère aller à l'hôtel. Il entendait aussi que la famille parisienne n'eût pas d'autre table que la sienne jusqu'au jour où le château des Tranche-vent jeune serait acheté ou bâti. Ces arrangements furent acceptés par madame Louise après quelques débats de convenance.

On se mit à table ; la franche gaieté du lieutenant se communiquait à ses convives. Madame Louise était charmante de simplicité et de bonne humeur, et déjà Firmin savourait en imagination les douceurs de la vie champêtre et seigneuriale.

— Jean doit avoir plus de vingt ans maintenant ; qu'en fais-tu ? dit tout à coup le lieutenant à son frère.

Dans les premières années de sa jeunesse, Firmin avait épousé à Gênes une Italienne très-belle, qui était morte après dix-huit mois de mariage, en donnant le jour à un fils, nommé Jean.

— Il est depuis un an à Paris ; il étudie la médecine, il travaille, répondit Firmin visiblement embarrassé.

— Croyez-vous réellement qu'entouré comme il l'est, il puisse travailler ? dit Louise d'un ton lent et calme en s'adressant à son mari.

Sous l'accent moelleux de la belle-mère de Jean, un observateur attentif eût reconnu l'ironie et la colère. Firmin ne put s'y tromper.

— Vous exagérez peut-être, ma chère amie, dit-il avec une certaine timidité ; les choses ont bien changé à l'avantage de Jean...

— Qu'a donc fait ton fils pendant les quatre années qu'il a passées hors de France ? reprit le lieutenant.

Depuis une époque bien antérieure au second mariage de Firmin, le lieutenant n'avait pas vu son frère ; il n'était donc nullement au courant de ses affaires de famille.

— Rien de bon ! répondit brusquement Firmin à l'interrogation de son frère aîné.

— Vraiment ? dit le lieutenant en regardant alternativement son frère et sa belle-sœur d'un œil inquiet, comme pour leur demander une explication.

— Il y aurait peut-être un moyen de sauver ce jeune homme, dit madame Louise Tranchevent avec une intonation pleine de feinte sympathie : ce serait de l'éloigner au plus vite de Paris. Aussi je m'afflige parfois, bien que je comprenne cette faiblesse de voir M. Tranchevent disposé à céder aux désirs de son fils, qui, à aucun prix, ne veut partir pour l'armée, si dans quelques mois le sort fait de lui un soldat. Quand l'avenir, l'honneur même de nos enfants sont en jeu, ne pensez-vous pas, lieutenant, qu'il faut savoir imposer silence à son cœur?

— La vie de garnison n'a rien de séduisant, répliqua Alexandre-Achille, et puis quels crimes a pu commettre ce pauvre Jean? Des peccadilles... C'est de son âge après tout... Quand j'ai rencontré Jean à Bourbon, il y a quatre ans, c'était un brave enfant, un peu étourdi, un peu fou, mais plein de cœur et d'intelligence.

La réputation de sévérité domestique assez justement faite au lieutenant avait donné à madame Louise l'espérance de trouver un auxiliaire dans

son beau-frère. L'indulgence inattendue d'Alexandre-Achille, l'éloge de Jean surtout, l'exaspérèrent.

— Son intelligence n'a guère brillé à Bourbon,
reprit-elle, se contenant à grand'peine. L'habitation
a été ruinée par lui, nos affaires mises dans le plus
déplorable état...

— Tout le monde n'est pas né pour les affaires,
interrompit Alexandre-Achille.

L'accent du lieutenant disait clairement l'antipathie un peu dédaigneuse de l'officier de marine
pour les spéculations commerciales, quelles qu'elles
soient.

— J'en aurais probablement fait autant à sa
place, ajouta-t-il.

— Permettez-moi d'en douter, dit madame
Louise avec une politesse forcée ; vous n'auriez pas,
du moins je le présume, vécu dans la plus tendre
intimité avec de misérables aventuriers...

Ne croyant nullement à la méchanceté nécessaire et fatale des belles-mères, nous pensons devoir
expliquer la haine de madame Tranchevent pour
son beau-fils. Son premier grief contre Jean, c'était

la violente passion que Firmin avait éprouvée pour
sa première épouse, non que Louise connût les
souffrances d'une jalousie rétrospective, mais toute
histoire d'amour lui causait une irritation invincible. Femme intéressée, mère vulgairement ambi-
tieuse, elle ne pouvait se résigner à voir dans sa
maison le fils de l'étrangère jouissant des avantages
d'une haute position sociale due surtout à sa fortune à elle, et vivant sur un pied d'égalité, de supériorité même, vu l'âge et les remarquables facultés
de Jean, avec le bien-aimé Cyprien. La mort d'un
parent établi à Bourbon ayant rendu Louise proprié
taire d'une habitation considérable dans cette île
vers l'époque où Jean atteignait sa dix-septième
année, elle crut tenir l'occasion qu'elle cherchait. Sous prétexte de faire à son beau-fils une
situation, elle l'envoya comme gérant à Bourbon,
le condamnant dans sa pensée à un exil éternel ;
mais personne n'était moins propre que Jean aux
fonctions qu'on lui confiait. Le fils de l'Italienne
avait une nature indépendante, expansive, enthousiaste et bienveillante à l'excès. Toutes ces nobles

tendances développées, exaltées outre mesure
peut-être, par les voyages lointains, l'isolement des
siens et la liberté absolue, tournèrent contre les
intérêts de sa belle-mère, et, sans demander conseil, il revint de lui-même en France au bout de
quatre années. Il faut ajouter qu'à part toute rancune intime, tout calcul, le caractère de Jean, ses
instincts, ses idées étaient antipathiques au caractère, aux instincts et aux idées de sa belle-mère. Le
bien pour madame Louise, c'était ce qui, dans
toutes les sphères imaginables, devait être avanta-
geux à elle et à son fils ; le mal, tout ce qui pouvait
troubler sa sécurité actuelle ou nuire à la prospérité future de Cyprien. Aussi madame Louise pas-
sait-elle dans le monde pour la meilleure des mères.
L'honnête simplicité des parents d'Hermine fut
plus clairvoyante. Sous les allures doucereuses de
leur parente, ils reconnurent bien vite l'égoïsme,
l'étroitesse d'âme, la malveillance habituelle. Hermine perdit toute illusion sur sa tante le jour où
elle l'entendit cribler d'acerbes épigrammes, dès la
première entrevue, la bonne et cordiale madame

4

Chabriat. Celle-ci n'avait eu d'autre tort cependant
que de dévoiler toute la fougue, toute l'excentricité
de son caractère avec la naïveté des êtres qui vivent
fortement hors d'eux-mêmes. La nullité universelle
et radicale de Firmin n'apparaissait que trop clairement. Son jeune fils, Cyprien, était sournois et
tracassier. La perspective d'avoir chez elle pendant
plusieurs mois cette famille peu sympathique con-
trariait fortement la mère d'Hermine ; elle se gardait
pourtant d'en laisser rien paraître. Le lieutenant
n'aurait pas toléré que sa femme ou ses filles criti-
quassent en quoi que ce fût les héritiers directs du
sénateur Tranchevent.

III

Quinze jours après l'arrivée de Firmin et de sa
femme à Hennebon, les deux familles réunies ache-
vaient de déjeuner, quand un grand jeune homme
un peu pâle, un peu maigre, à l'épaisse chevelure

noire rejetée en arrière, aux grands yeux bruns très-
animés, très-franc et très-doux, entra dans la salle à
manger. Jean embrassa son père, son frère, le lieutenant et jusqu'à sa belle-mère avec une cordialité
attendrie qui surprit beaucoup Hermine. Ce n'était
point du tout ainsi qu'elle s'était figuré son cousin.
Quant au lieutenant, toutes ses préventions s'éva-
nouirent dès qu'il aperçut son neveu. Instinctivement, par ces liens intimes contre lesquels les plus
énormes discordances d'idées ne peuvent rien,
Alexandre-Achille sentit que celui-là était bien de
sa famille. Les souvenirs longtemps endormis de
Bourbon et de sa dernière campagne, évoqués par
la présence de Jean, achevèrent de mettre le marin en belle humeur. Madame Louise Tranchevent
remarqua toutes ces nuances et sortit avec son mari
dès que le déjeuner fut terminé, sans engager son
beau-fils à les accompagner. Le lieutenant, de plus
en plus charmé de son neveu, lui fit parcourir sa
maison et son jardin, puis il le conduisit dans son
cabinet de travail. Jean s'intéressait à tout, s'entendait à tout. Le lieutenant se sentait rajeuni de

vingt-cinq ans ; il parlait bruyamment de Smyrne.

— Serait-il donc vrai que les mauvais sujets ont un charme particulier ? se dit madame Tranchèvent en sortant du cabinet de son mari, où un détail de ménage l'avait appelée un instant. Depuis le jour fatal de sa retraite, elle n'avait pas vu le lieutenant aussi franchement gai.

— A ton âge, on doit dormir partout, dit Alexandre-Achille à son neveu après deux ou trois heures de causerie ; j'ai quelque part un vieux cadre de bord, je le ferai suspendre ici pour toi. Il serait inconvenant qu'ayant des parents dans la ville, tu allasses loger à l'hôtel.

Jean refusa d'abord, alléguant les embarras qu'il causerait dans la maison de son oncle ; mais le lieutenant insista fortement.

— Puisque vous êtes assez bon pour m'offrir un asile, dit Jean après un court débat, permettez-moi de m'établir au-dessus de la cuisine, dans le grenier que j'ai entrevu tout à l'heure. Avec une table, des chaises, un hamac et quelques nattes, j'en ferai une habitation très-confortable. Là, au moins, je ne dérangerai que les araignées et les souris.

Grâce au concours empressé de Caroline, quelques heures suffirent pour transformer le grenier en un logis presque coquet. L'excellente fille poussa le zèle jusqu'à dépouiller sa chambre de deux beaux vases en porcelaine de Chine, présent d'une marraine jadis enrichie par la fugitive prospérité de la compagnie des Indes. Toute la famille Tranchevent aîné, y compris le lieutenant, était en train de mettre la dernière main à l'installation de Jean, quand M. et madame Tranchevent jeune rentrèrent au logis pour dîner. Les traits de Louise prirent une expression singulière lorsque la vieille Jeannette lui apprit que son maître, sa maîtresse, Caroline et le Bengali se trouvaient en ce moment dans le grenier où devait coucher M. Jean. Accoutumée à combiner ses moindres démarches et consumant sa vie en calculs intéressés, Louise voyait partout des combinaisons et des calculs.

— J'avais cru jusqu'ici que les marins étaient des gens naïfs et sans habileté aucune dans la vie pratique, dit-elle tout en se débarrassant de son chapeau.

— A propos de quoi dites-vous cela ? demanda Firmin.

— Malgré toutes les séductions de votre fils, répliqua Louise avec ironie, je doute fort que le lieutenant l'eût reçu avec autant d'enthousiasme et eût trouvé moyen de le loger dans sa maison, si, en père prévoyant, il n'avait pas songé que des entrevues fréquentes entre Jean et la belle Hermine amèneraient peut-être un résultat ardemment souhaité et inutilement poursuivi jusqu'à ce jour.

— Jean est un enfant, tandis qu'Hermine est une fille faite, dit gravement Firmin. Jean aura quelque fortune, sans compter la position qu'il arrivera tôt ou tard à se créer ; Hermine n'a et n'aura jamais un sou. Rien donc de plus impossible qu'un mariage entre eux. Mon frère est beaucoup trop sensé pour rêver une semblable folie.

Quelques jours plus tard, les deux familles, auxquelles s'étaient jointes Martine Simonin et mademoiselle Richard, s'entassaient dans deux cabriolets de louage, préalablement bourrés de pâtés et de gâteaux. Pour célébrer la présence de ses parents

en Bretagne, le lieutenant n'avait rien imaginé de
mieux qu'une partie de pêche. Les voitures se diri-
gèrent vers le Port-Louis. Là on fréta un bateau qui
atteignit rapidement la plage de Gavre. Dès qu'on
eut pris quelques poissons, il fallut s'occuper du
déjeuner. Avec quatre avirons et deux voiles, le lieutenant aidé de Jean et du vieux matelot propriétaire
de la chaloupe, eut bientôt construit une tente. Caroline étala ses provisions sur une nappe soulevée
çà et là par ces touffes de petits œillets odorants
qui couvrent les grèves de la Bretagne, et les convives s'assirent en rond sur un sable blanc, fin et
brillant. Mademoiselle Richard se plaça près de Jean
dans des intentions conquérantes. Son esprit, tant
vanté, lui donnait, pensait-elle, une supériorité immense sur ses compagnes. Elle fit successivement à
son voisin la biographie de toutes les célébrités con-
temporaines. Jean répondait d'un ton poli quelques
mots vagues. S'apercevant qu'il ne songeait guère à
elle, mademoiselle Richard supposa qu'il songeait à
Hermine, et Jean compta une ennemie de plus.

A vrai dire, Jean ne pensait à rien en ce moment.

La tente s'ouvrait d'un côté sur la mer, bleue à perte de vue et pailletée vers les bords par un gai soleil de septembre. Des lames, les unes à haute crête, les autres à peine indiquées, tantôt menaçantes et rapides, tantôt languissantes et molles, déroulaient sur une immense étendue de côte leur éblouissante frange d'écume, dans laquelle voyagent pêle-mêle les gros galets gris, les plus délicats coquillages et les gigantesques chevelures du varech. L'autre ouverture de la tente servait de cadre à une dune de sable surmontée de chardons desséchés, dont les feuilles épineuses et sonores au moindre souffle se profilaient sur un ciel éclatant. Le vol fantasque des hirondelles et des mouettes, l'espace inondé de lumière, un air vif, bruyant, saturé d'énergiques aromes, un air qui fortifie le corps et trouble l'esprit, Jean sentait tout cela et ne pensait à rien.

Pour avoir sa revanche de l'inattention de Jean, mademoiselle Angélina, dont la verve satirique divertissait madame Tranchevent jeune, raconta pour la millième fois, avec un grand luxe de bons mots et d'épigrammes, l'interminable série des anecdotes en circulation depuis quinze ans sur madame Chabriat et sur les autres victimes de l'inertie intellectuelle de la province. Madame Louise riait à gorge déployée. Excepté le lieutenant, Jean et Hermine, tous prenaient plus ou moins part à cette gaieté banale. Tout à coup Alexandre-Achille jeta sur le sable le couteau qu'il tenait à la main, et, quittant la tente, il marcha à grands pas vers la mer.

— Viens donc ici, Hermine ! cria-t-il au bout de quelques secondes. Tu prétends n'avoir jamais vu de méduse, en voici une magnifique, c'est-à-dire tout à fait hideuse.

Hermine fut bientôt près de son père, et Jean, par besoin de mouvement et d'espace, suivit sa cousine.

— Elles sont insupportables, dit le lieutenant dès que sa fille et son neveu l'eurent rejoint. C'était bien la peine de venir jusqu'ici pour écouter leurs éternels commérages.

Et, après avoir montré dans tous ces détails à Hermine la masse gélatineuse qui forme, à un certain degré de son développement, le corps de la méduse, le lieutenant se mit à errer çà et là sur la plage, examinant les goëmons, collectionnant des coquilles, cueillant la plante parfumée vulgairement nommée *casse-pierre*, et détachant des rochers les mollusques appelés *berniques* en Bretagne et *arapèdes* en Provence. En ce moment, le lieutenant était aussi jeune, aussi naïf, aussi enivré de liberté, de grand air et d'action qu'un écolier de quinze ans. Les natures honnêtes conservent jusqu'au bout de leur carrière le privilége de la gaieté innocente.

— Je ne comprends rien vraiment aux plaisanteries de mademoiselle Richard, dit Jean à Hermine, qui suivait le lieutenant à quelques pas de distance. Une âme ardente, le zèle même aveugle de la science, l'amour du luxe, de l'élégance, toutes les tendances, tous les instincts qu'elle s'efforce de tourner en ridicule ; m'inspirent à moi une sympathie profonde pour les victimes de ses sarcasmes.

La recherche des *berniques* avait déjà entraîné le lieutenant loin de sa fille et de son neveu. C'était la première fois qu'Hermine se trouvait en tête-à-tête avec son cousin. Elle aussi subissait l'influence du soleil, de la liberté et du grand air.

— Je ne vous comprends pas non plus, mon cher cousin, dit-elle à Jean avec une hardiesse qu'elle n'aurait jamais eue ailleurs ; vous avez, prétend-on, mené une vie extravagante, on parle de vous comme d'un écervelé, et vous prononcez les paroles les plus sages que j'aie jamais entendues ! Oh ! je le vois bien, ils se sont trompés, et vous êtes bon.

Jean, profondément ému, s'était approché d'Hermine ; il la regardait, fasciné. Une rafale de vent enleva des mains agitées de la jeune fille l'ombrelle sous laquelle s'abritait sa tête nue. Les deux jeunes gens coururent à la poursuite de l'ombrelle, et, riant, plaisantant, pour se cacher leur embarras, la disputèrent à une grosse lame qui l'emportait vers le large. Madame Louise Tranchevent sortit en ce moment de la tente appuyée sur le bras d'Angélina.

— La méduse était un assez heureux prétexte pour ménager un tête-à-tête à ces beaux amoureux.

— Hermine a décidément pour père un habile homme, dit-elle en ricanant à sa compagne.

Le lieutenant continuait avec ardeur sa chasse aux coquillages et à la casse-pierre ; il fallu l'appeler à plusieurs reprises pour le ramener vers la tente. Le premier projet était de passer toute la journée sur la côte et de ne regagner le Port-Louis qu'au clair de lune : la lune devait être radieuse ce soir-là ; mais madame Tranchevent jeune déclara que le vent l'étourdissait, que l'air salé lui brûlait la peau. Que faire d'ailleurs sur une plage aride ? Louise voulait partir au plus vite et proposait de dîner dans les bois de Keraven. Keraven était une belle propriété, alors en vente, que le notaire de Firmin lui conseillait vivement d'acheter. Le lieutenant, très contrarié de ce changement de programme, ne fit cependant aucune objection, et, vers sept heures du soir, on achevait de dîner sous les sapins, au bord du Blavet. Peu importait l'heure du retour, Hennebon ne se trouvait plus qu'à dix minutes de marche.

La lune venait de se lever. Un paysage frais et joyeux au jour était devenu fantastique et presque terrible ; les rochers, les buissons, les chênes, les sapins, qui couronnaient les bords de la rivière, étendaient sur une eau semblabe à de l'argent liquide leurs ombres prodigieusement agrandies. Au moindre nuage, au moindre vent, ces ombres s'allongeaient, s'entre-croisaient d'une rive à l'autre, s'agitaient, se confondaient, affectant mille formes bizarres.

' Vers la fin du repas, Hermine s'éloigna des dîneurs et s'appuya, tout à fait au bord de l'eau, contre un vieux chêne ébranché. Trop agitée, trop pensive pour bien voir la nature, elle regardait machinalement à ses pieds les luisantes aiguilles des sapins dont les premières brises d'automne jonchent la terre.

— Chante-nous donc quelque chose, Bengali, cria le lieutenant, en ce moment sous l'influence de ce grain de poésie que l'imprévu entretient et réveille dans l'âme des marins à la plus rude écorce.

Jean ne soupçonnait nullement le talent de sa cousine ; Hermine avait à peine fredonné quelque refrain devant lui. Italien, c'est-à-dire artiste par sa mère, il adorait la musique. L'heure, le site, l'étrange beauté d'Hermine, dont les yeux inspirés et la svelte forme blanche se détachaient sur le chêne

noir, contribuèrent à l'enivrer. Plein de fougue,
sincère et spontané jusqu'à la démence, il s'élança
vers sa cousine dès qu'elle eut dit la dernière
phrase d'une des plus poétiques inspirations de
Meyerbeer.

— Vous êtes une grande artiste ! s'écria-t-il en
lui serrant la main.

Hermine revint à Hennebon, appuyée sur le bras
de Jean. Mademoiselle Angélina Richard, et mademoiselle Martine Simonin marchaient derrière eux.

— Décidément Hermine accapare son beau cousin, dit Martine.

— Cela ne peut pas la conduire à grand'chose,
répondit mademoiselle Richard.

— Cette journée ne vous a-t-elle pas éclairé sur
les intentions de votre frère ? disait de son côté madame Tranchevent jeune à son mari.

— Je n'ai rien remarqué d'extraordinaire, répondit Firmin.

— J'ai de meilleurs yeux que vous.

Hermine s'endormit heureuse, complétement
heureuse, pour la première fois de sa vie. Le len-

demain, elle descendit dans le petit jardin aussitôt
après le lever du soleil. Derrière la haie vive s'é-
tendait une immense prairie appartenant à la commune; moyennant une infime rétribution, les pauvres gens y faisaient paître leurs vaches. Hermine
y rencontra une vieille paysanne qui fournissait
du lait à la maison : elle écouta sans fatigue les
plaintes de la bonne femme sur le froid et sur le
chaud, sur la sécheresse et sur la pluie. Elle sentait assez de bonheur en elle pour défier tous les
ennuis extérieurs. Jean apparut bientôt à la porte
de son grenier, puis dans le jardin. Les deux jeunes
gens se serrèrent silencieusement la main, et s'assirent l'un près de l'autre sur un banc rustique
abrité par un magnolia.

— Vous avez une voix admirable et un grand
talent! dit Jean à sa cousine.

— Ginévra me l'a dit quelquefois, répondit Hermine.

— Pourquoi restez-vous en province?

— Ma famille ne voudrait pas quitter Hennebon,
dit tristement Hermine.

—Alors, quittez votre famille. Vous devez compte à tous de vos grandes facultés. Vous êtes née pour donner à la foule des émotions sublimes. Si vous préférez un repos égoïste, vous serez, croyez-moi, la première à en souffrir.

—Je souffre horriblement, dit Hermine avec découragement; mais que puis-je y faire? Les femmes ne sont pas libres de choisir leur destinée.

—Je le sais bien, répondit Jean. Les seules carrières ouvertes aux femmes, qu'on dit si faibles, sont les carrières qui exigent l'extrême effort physique ou l'extrême effort moral. Les pauvres paysannes qui vous entourent bêchent péniblement la terre. Vous, que la nature a si généreusement douée, fortifiez votre âme, et soyez artiste.

—C'est impossible, dit Hermine. Impossible! A Hennebon je ne puis rien entreprendre... rien... et je n'espère aucun changement dans ma vie.

—Pourquoi donc? observa Jean. Partez pour Paris; vous y trouverez votre amie la Ginevra.

—Que je déshonore mon père! que je fasse mourir ma mère de chagrin! s'écria Hermine terrifiée.

— Votre père et votre mère s'opposeraient à votre départ! reprit Jean stupéfait.

— Comment pouvez-vous le demander? dit Hermine.

Les yeux d'Hermine regardaient l'horizon sans rien distinguer; ses doigts froissaient machinalement une branche de verveine arrachée à un buisson voisin. Son bonheur de la veille n'était déjà plus qu'un songe lointain; elle ne savait que penser de Jean. Bien qu'il ne pût s'expliquer complétement l'effet produit par ses paroles, Jean sentait qu'il venait de blesser Hermine, et il l'observait avec une tristesse inquiète. Ils avaient passé ainsi plusieurs minutes dans un profond silence, lorsque la voix de madame Tranchevent se fit entendre à l'extrémité du jardin. Comme de coutume, la mère d'Hermine descendait pour arroser ses fleurs.

— Venez donc faire votre service, monsieur Jean, cria-t-elle gaiement au jeune homme.

Jean remplissait chaque matin dans un puits creusé au milieu du jardin les arrosoirs de sa tante.

Hermine regagna sa chambre et se mit à pleurer. Jamais la malheureuse enfant n'avait contemplé son avenir d'un œil aussi désespéré. Ses tortures passées n'étaient donc pas une maladie morale comme elle s'efforçait encore de se le persuader quelques heures auparavant; mais bien une conséquence nécessaire, fatale, de sa position. Jean, si plein d'ardeur et d'espérance, Jean si confiant, si heureux de vivre, qu'il supposait partout la vie et le bonheur, Jean lui-même, la condamnait à choisir entre une rupture avec sa famille et une vie d'intolérables souffrances.

Les jours suivants, Hermine ne descendit pas au jardin; elle n'échangea avec son cousin que des paroles insignifiantes. Jean ne semblait pas s'en étonner. Cette indifférence apparente ajoutait, sans qu'elle se l'avouât, au désespoir d'Hermine. Elle dut faire d'incroyables efforts pour cacher à ceux qui l'entouraient son absolu découragement. Jean n'était pourtant pas un grand comédien. Le lieutenant remarqua que son neveu restait inactif pendant des journées entières, qu'il devenait distrait et rêveur.

Je vois que tu en as assez, de la Bretagne, lui dit-il un matin.

— A la voix de son oncle, Jean tressaillit comme un homme réveillé en sursaut. Depuis plus de deux heures, il arpentait sans le savoir la même allée du jardin.

— Prends patience, les vacances vont bientôt finir. Si l'on t'attend un peu à Paris, tu n'en seras que mieux reçu au retour.

— Dans le sens où vous l'entendez, on ne m'attend nulle part, répondit Jean.

— Allons donc ! reprit le lieutenant ; vous jouez tous à l'homme sérieux aujourd'hui. De mon temps, nous étions plus francs ; nous ne rougissions pas de nos vingt ans, de l'âge où l'on n'a qu'une préoccupation, celle d'aimer et de se faire aimer si l'on peut.

On était au lundi, et Jean devait partir le vendredi. A la rigueur, il aurait pu passer encore quelques semaines en Bretagne ; mais la rentrée des classes avait lieu le lundi suivant dans la pension de Cyprien, et madame Louise exigeait que

Jean accompagnât son jeune frère à Paris. Ce prochain départ réjouissait presque Hermine; Jean parti, elle allait peut-être retrouver le calme de la torpeur.

Le déjeuner fini, pendant qu'on causait encore dans la salle à manger, Jean s'approcha d'Hermine.

— Je vous supplie de descendre au jardin, lui dit-il à voix basse, j'ai absolument besoin de vous parler.

— J'irai, dit Hermine.

Jean sortit aussitôt. Quand Hermine le rejoignit quelques instants plus tard, il était appuyé pâle et tremblant contre le magnolia. Sans prononcer une parole, il prit la main d'Hermine, la fit asseoir sur le banc rustique et se plaça près d'elle.

— Je vous ai froissée ici même l'autre matin, dit-il sans regarder la jeune fille. Soyez indulgente pour moi; j'ignore encore bien des choses. A trois ans, je n'avais plus de mère, et, depuis l'âge de seize ans, j'ai couru le monde. Avant que la réflexion fût née en moi, j'avais déjà vu vivre et vécu moi-même de la manière la plus étrange, la

plus bizarre, selon les idées françaises. Des sentiments, des préjugés, des nécessités de la vie de
famille, je ne savais rien, absolument rien ; je n'y
avais jamais songé avant notre conversation sous
ce magnolia. Depuis quinze jours, une révolution
complète s'est faite dans mes idées ; je comprends
votre esclavage volontaire, j'admire votre abnégation, et je n'entrevois qu'un seul moyen de vous
donner la liberté sans briser le cœur de vos parents.....

Hermine se taisait. Jean continua avec un grand
embarras.

— Même en aimant une femme de toutes mes
forces, je la ferais probablement beaucoup souffrir ;
mais, si je pouvais vous avoir toujours auprès de
moi, vous me donneriez peut-être ce que je n'aurais jamais sans vous, la science de la bonté.

— Je crois vous comprendre, dit Hermine à
voix basse après un silence ; mais cela, aussi, c'est
impossible.

— Impossible ! reprit Jean ; pourquoi ? si vous
m'aimiez un jour.

— Vous oubliez notre position à tous les deux,
murmura Hermine.

— J'y pense sans cesse, dit Jean, et je crois être
arrivé à voir mon avenir tel qu'il est. Mon père a
exigé que je choisisse un état ; le travail n'ayant de
prix à ses yeux qu'autant qu'il ouvre une carrière
déterminée. J'étudie la médecine, je suis les cours
publics : dans un temps plus ou moins long, j'aurai
mon diplôme de docteur ; mais, pendant bien des
années, pendant ma vie entière peut-être, ce diplôme ne me rapportera rien, ou du moins bien
peu de chose, car la science médicale, telle que je la
comprends, exige des observations, des études qui
m'entraîneront successivement sur tous les points
du globe. J'ai connu trop jeune, d'ailleurs, l'enivrement des voyages, de la vie errante et libre, pour y
renoncer sans désespoir. La pauvreté, des luttes in-
cessantes avec mon père, voilà les conséquences certaines de ce plan d'existence. Vous, Hermine, vous
possédez le talent et la beauté, c'est-à-dire la toute-
puissance... N'est-ce pas un crime que de songer à
lier votre éclatante destinée à un sort tel que le mien ?

Hermine essaya de sourire; mais Jean reprit avec angoisse :

— Ne riez pas; je ne vous ai pas tout dit. Si je donne à mon père l'ombre d'un mécontentement, il me faudra un jour ou l'autre accepter la vie du soldat, une vie que je n'aimerais, je le sens, qu'aux heures solennelles où les cœurs sont électrisés... Vous me parliez l'autre jour de votre dépendance, continua Jean d'un ton amer. Vous n'êtes pas libre de suivre vos instincts, disiez-vous, et moi, plein d'énergie et de force, ne dois-je pas dissimuler mes sentiments, mes pensées, si je veux que mes rêves d'avenir se réalisent? Mais non, ajouta le jeune homme avec exaltation, j'ai honte de cette dissimulation, de ces calculs. Quoi qu'il faille oublier, si le destin le veut, je partirai!...

—Non, dit Hermine presque malgré elle.

— Non, puisque vous le voulez, s'écria Jean hors de lui en saisissant la main d'Hermine, ou plutôt nous partirons libres ensemble !...

La vraie nature de Jean reparaissait. L'amour, la confiance, l'audace aventureuse, brillaient dans

ses yeux. Dominée par l'émotion et par l'enthousiasme de son cousin, par ce rêve qui était depuis
si longtemps son rêve à elle, Hermine ne songeait
plus à lutter ni contre son imagination ni contre son
cœur. Ses regards cherchaient les regards passionnés
du jeune homme, sa main serrait sa main. Tout à
coup elle pâlit et s'éloigna de Jean. Une voix sèche
et brève venait de crier :

— Hermine, rentre tout de suite.

Hermine leva la tête et vit le lieutenant à la fenêtre ouverte de son cabinet de travail. Terrifiée,
tremblante, elle courut précipitamment vers la maison sans jeter un seul regard sur Jean. Lorsqu'elle
se trouva devant la porte du cabinet de son père
elle souhaita que la terre s'entr'ouvrit sous ses
pieds.

— Que veux-tu, père? dit-elle d'une voix qu'elle
n'entendait pas elle-même, en entre-bâillant la
porte.

— Rien, dit le lieutenant d'un ton qu'il s'efforçait vainement de rendre calme. Va broder dans la
chambre de ta mère.

Madame Louise feuilletait un livre dans un coin du cabinet. Elle écouta ce court dialogue sans lever les yeux sur Hermine.

Les paroles rapidement échangées dans la salle à manger entre la jeune fille et Jean n'avaient point échappé à l'oreille attentive de madame Louise. En voyant disparaître les deux jeunes gens à quelques secondes de distance, elle devina que le cousin et la cousine devaient s'être donné rendez-vous au fond du jardin et sut inventer un prétexte pour pénétrer dans le cabinet de travail où le lieutenant se renfermait d'ordinaire entre le déjeuner et le dîner. La fenêtre de ce cabinet se trouvait à deux pieds seulement du sol; un massif de dahlias masquait le banc sur lequel étaient assis Hermine et Jean; mais, à travers les plus hautes fleurs, on apercevait leurs deux têtes rapprochées, on distinguait leurs regards pleins d'exaltation et de tendresse.

— Mon beau-fils et votre Hermine causent là-bas sous le magnolia comme de vrais amoureux. Savez-vous, lieutenant, que cela pourrait devenir grave? dit la belle-mère de Jean d'un ton moitié plaisant, moitié sérieux, après avoir jeté un coup d'œil dans le jardin.

Alexandre-Achille était assis devant sa table de travail, le dos tourné à la fenêtre.

— Quelle plaisanterie ! dit-il sans se déranger. Jean a bien d'autres histoires en tête.

— C'est possible ; mais, quand une fille de vingt ans se mêle de faire oublier les absents à un garçon de vingt et un ans, ne pensez-vous pas qu'elle a de grandes chances de réussir ?

Le lieutenant devint pourpre. Il se précipita vers la fenêtre, tellement aveuglé par la colère, qu'il appela Hermine avant de l'avoir aperçue.

Les jours suivants furent horribles pour Hermine et pour Jean. Au premier regard qu'ils échangèrent, ils reconnurent qu'ils étaient soigneusement observés par madame Louise et même par le lieutenant. Il devenait évident qu'on s'arrangeait autour d'eux pour ne plus les laisser seuls ensemble. Il leur était aussi impossible de s'écrire que de se parler.

Habituée de bonne heure à la souffrance, Hermine réussissait à dissimuler ses angoisses ; mais

Jean, accoutumé à suivre en tout les impulsions de
sa nature succombait dans cette lutte intérieure.
On ne le voyait plus qu'aux heures des repas ; il
apparaissait sombre, pâle, irrité. Cent fois il fut
sur le point d'avouer au lieutenant et à son père
son amour et ses projets. Tout lui semblait préférable à ce muet espionnage, à cette perpétuelle contrainte. De son grenier, Jean apercevait la fenêtre
d'Hermine ; il passait les nuits à rouler dans sa tête
des projets extravagants.

La veille du jour fixé pour le départ de son neveu,
le lieutenant alla comme d'ordinaire, dès que le
dîner fut terminé, lire les journaux dans l'unique
café d'Hennebon. Firmin, Caroline et Louise, installèrent un boston dans la chambre de madame
Tranchevent. A l'un des coins de la cheminée,
où, pour la première fois de l'année, on avait allumé
du feu, le collégien dormait dans un fauteuil ;
Hermine tenant à la main un livre que ses yeux
ne voyaient pas, rêvait en face de lui. Jean avait
depuis longtemps disparu. Tout à coup le Bengali se
leva et se dirigea vers la porte. Madame Louise

l'enveloppa d'un regard inquiet et méchant.

— Où vas-tu ? dit madame Tranchevent.

— Dans ma chambre, faire un peu de musique, répondit Hermine.

La jeune fille se renferma chez elle, se mit à son piano dans l'obscurité, et chanta. Jean ne pouvait être qu'au jardin, Jean devait l'entendre. Elle ouvrit sa fenêtre toute grande ; puis, honteuse de son audace, repoussa les battants à moitié. Par moments, ses yeux se remplissaient de larmes, sa gorge serrée ne laissait plus sortir sa voix, ses mains demeuraient immobiles sur les touches. Cette crise se terminait par un mouvement de terreur.

— Si je ne chante pas, on va me rappeler, se disait-elle.

Et les trilles, les roulades, sortaient de sa poitrine oppressée. Elle songeait aussi aux confidences de Camille.

— Camille savait se faire aimer, pensait-elle ; Alfred affrontait mille dangers pour passer quelques instants à ses pieds ; moi, je suis seule ; moi, on ne m'aime pas.

Le chant cessa encore. Hermine se transportait en imagination à Bourbon ; elle se substituait complétement à Camille. Alfred, c'est-à-dire Jean, était à ses côtés ; la jeune fille se redisait à elle-même les paroles d'amour si souvent murmurées à son oreille par Camille, ces paroles qu'on n'avait jamais prononcées pour elle. Le silence se prolongeait : le Bengali avait tout oublié, tout jusqu'à la crainte de voir apparaître sa mère, au moment où les deux battants de la fenêtre s'écartèrent doucement.

— Hermine ! dit une voix tout près d'elle.

Sans frayeur, presque sans trouble, tant son nom prononcé dans la nuit était la continuation de son rêve, Hermine se retourna. Elle aperçut, Jean qui se tenait à la fenêtre en dehors. Le premier sentiment de la jeune fille, ce sentiment spontané, intime, qu'on cache, presque toujours aux autres et quelquefois à soi-même, fut une impression de bonheur.

Jean, certain d'avoir été entendu, d'avoir été vu, fut en un instant auprès d'Hermine. Tremblant, ému à ne pouvoir parler, il la serra étroitement contre son cœur ; la jeune fille se dégagea de ses bras, à demi-morte de frayeur.

— Partez, je vous en supplie, dit-elle d'une voix entrecoupée.

— J'ai tant souffert pendant ces trois jours ! s'écria Jean.

Sans lui répondre, Hermine se mit à chanter de toute sa voix. Jean ne comprit pas l'intention d'Hermine.

— Écoutez-moi un instant, un seul instant ! répétait-il désespéré.

— De grâce, taisez-vous, murmura Hermine ; si je ne chante pas, on va entrer ici.

Jean s'agenouilla auprès d'Hermine et saisit dans la nuit une de ses mains, qu'il couvrit de baisers. L'heure s'avançait. Ni Jean ni Hermine n'avaient conscience du temps. Deux ou trois coups secs frappés à la porte leur firent jeter à tous les deux un cri aussitôt étouffé.

— Assez chanté, Bengali ! cria le lieutenant ; viens donc nous dire bonsoir.

Hermine et Jean perdirent complètement la tête ;

tous les deux se précipitèrent vers la croisée.

— O mon Dieu ! nous sommes perdus ! criait Hermine d'une voix que le lieutenant eût pu entendre, s'il n'avait pas déjà refermé la porte de la chambre de sa femme.

— Adieu ! adieu ! disait Jean ; pardonnez-moi.

Hermine saisit la main de Jean avec une sorte d'autorité et resta un instant immobile, retenant son souffle. Elle s'attendait à quelque terrible catastrophe ; n'entendant rien que la voix maussade du collégien qu'on réveillait, elle reprit un peu courage.

— Adieu ! dit-elle.

Et elle s'élança vers la porte.

Hermine arriva dans la chambre de sa mère au moment où l'on discutait les coups douteux de la partie de boston. Personne ne remarqua son trouble. Madame Louise, Firmin Tranchevent et le collégien se retirèrent. Caroline alluma les bougeoirs ; M. et madame Tranchevent embrassèrent leurs deux filles, puis Caroline remonta vers sa mansarde et Hermine rentra dans sa chambre.

A peine osa-t-elle regarder autour d'elle, tant elle

était certaine de retrouver Jean. Jean n'était plus
dans l'appartement. Hermine tomba accablée sur
une chaise : ses regards se dirigeaient sans cesse vers
la fenêtre, restée ouverte. Jean devait être là, il
allait revenir. Toutes les heures de la nuit s'écoulèrent dans cette attente. Plusieurs fois Hermine
s'approcha de la fenêtre, puis s'en éloigna en rou-
gissant; Jean l'avait peut-être aperçue : regarder
dans le jardin, n'était-ce pas le rappeler ?

Le jour venu, quand Hermine eut entendu la
vieille Jeannette ouvrir les volets de sa cuisine et
tirer de l'eau au puits, quand la lumière entra à
flots dans sa chambre, elle trouva le courage de
jeter un regard vers le grenier : la porte, les fenêtres,
étaient hermétiquement fermées. Du reste, le
paysage était frais, riant comme de coutume; à
peine si les pieds de Jean avaient froissé quelques
pampres de vigne. Deux heures plus tard, au milieu
de toute sa famille, Hermine disait à son cousin un
adieu banal. Jean n'échangea même pas un regard
avec le Bengali; madame Louise Tranchevent ne
les quittait pas des yeux.

IV

Pendant cinq mois, Hermine vécut du souvenir de cette dernière nuit. Reverrait-elle Jean ? Jean l'aimait-il ? Elle n'en savait rien. Peut-être ne devait-elle voir dans la conduite de son cousin qu'une généreuse pitié, une effervescence irréfléchie de tendresse. Les projets de mariage de Jean prouvaient l'étourderie de son caractère, et rien de plus. Jean maintenant ne songeait probablement plus à elle. Pour rien au monde cependant, la jeune fille n'eût voulu retrouver son indifférence d'autrefois. Aujourd'hui son malheur avait un nom, ses rêves un objet, ses désirs un but ; elle ne s'égarait plus dans le vide. Le repos, le bonheur, elle ne les cherchait plus en elle-même ; elle dépendait entièrement d'un autre, elle vivait.

Vers le milieu de décembre, à la grande satis

faction de madame Tranchevent aîné, Firmin et sa
femme s'installèrent dans leur terre de Keraven.
Une élégante maison moderne commençait à s'élever près des restes du vieux manoir. Firmin voulut
pendre la crémaillère avec pompe ; mais, à sa
grande mystification, les gentilshommes campa-
gnards ses voisins, les *nobles,* comme on les nomme
encore à Hennebon, refusèrent *en masse* son invi-
tation. Le châtelain de Keraven eut bientôt d'autres
ennuis. Le sort ne fut pas favorable à Jean ; il, tira
un mauvais numéro. Si Jean fut sorti de Saint-Cyr
avec des épaulettes de sous-lieutenant, M. Tranchevent eût été le plus heureux des pères ; la perspective d'avoir un fils simple soldat le charmait
moins. Le sort de Jean était encore une question
pendante à Keraven, quand le jeune homme annonça son arrivée prochaine. Il profitait des vacances de Pâques pour prendre un peu d'air et de
liberté.

La pensée de revoir Jean jeta Hermine dans une
agitation extraordinaire ; elle parcourait la maison,
le jardin, en chantant, en riant sans motif, conte-

nant à grand'peine ses transports de joie. Puis elle
s'arrêtait subitement et demeurait pendant des
heures entières immobile, morne, accablée par ses
inquiétudes, par ses doutes. Jean arriva trois jours
après sa lettre, plus beau, plus cordial, plus affectueux encore que l'année précédente. Le lieutenant,
qui avait complétement oublié les insinuations de
madame Louise, reçut son neveu avec de vives
démonstrations d'amitié. L'excellent homme re-
gretta sincèrement que l'établissement somptueux
de Firmin Tranchevent ne lui permît plus d'offrir
un grenier pour chambre à coucher au fils du châtelain de Keraven. La gaieté, l'air radieux et ouvert
de Jean, consternèrent la pauvre Hermine.

— Il a donc tout oublié, lui ! se disait-elle.

Jean dîna chez son oncle. Le repas terminé,
madame Tranchevent voulut faire admirer au fils
de l'Italienne ses rosiers et ses lilas. Le lieutenant
alluma un cigare et se mit à faire ce qu'il appelait
son quart le long du ruisseau. Après avoir montré
dans les plus grands détails ses plantations à son
neveu, madame Tranchevent s'arrêta devant un

abricotier dont il était urgent de décimer les fleurs
trop nombreuses. A quelques pas de là, Hermine
cueillait des violettes déjà rares. Jean s'approcha
d'elle : sans prononcer un mot, il lui glissa un papier dans la main, puis retourna vers madame
Tranchevent. Une demi-heure plus tard, Jean
quittait Hennebon pour regagner Keraven. Si la
nuit eût été moins sombre, la rougeur d'Hermine
l'eût trahie au moment où Jean serra la main amicalement tendue par le lieutenant.

Son cousin parti, il eût été facile au Bengali de
s'échapper un instant pour lire la lettre qui brûlait
sa poitrine. Elle resta pourtant comme de coutume
jusqu'à dix heures dans la chambre de sa mère.
Renfermée chez elle, seule en face du billet de
Jean, elle hésita encore longtemps à l'ouvrir.

« Dans quelques semaines, dans quelques jours
peut-être, je serai libre, écrivait Jean, et je ne sais
pas encore si vous m'aimez. Que s'est-il passé
entre vous et votre père avant et après mon départ?
Je crains tout. Il faut cependant que je vous parle ;
il le faut pour vous presque autant que pour moi.

Je vous en prie à genoux, laissez ce soir votre fenêtre entr'ouverte ! »

Glacée, frissonnante, Hermine relut cent fois ces lignes qu'elle ne voulait pas comprendre. Sans commentaire, comme la chose la plus simple, Jean lui donnait rendez-vous la nuit, dans sa chambre, à deux pas de ses parents... Mais que deviendrait Jean, qu'allait-il penser si la croisée restait close ? Après une demi-heure de trouble, de luttes, de remords, Hermine entr'ouvrit lentement sa fenêtre, puis elle se retira au fond de sa chambre, pâle d'émotion et de honte. Si les confidences de Camille n'avaient pas familiarisé depuis longtemps l'imagination de la jeune fille avec une telle situation, jamais elle n'eût admis la possibilité de céder à la prière de Jean. Du reste, tout était si confus dans ses sentiments et dans son esprit, qu'elle ne se rendait pas un compte exact de l'action qu'elle venait de commettre. Elle espérait que Jean ne viendrait pas, et sincèrement elle le souhaitait. Trois mortels quarts d'heure s'écoulèrent. Hermine n'attendait plus Jean et commençait à retrouver un peu de calme

lorsque les battants de la fenêtre furent écartés avec
précaution. Hermine demeura immobile à sa place.
Son cousin se trouvait depuis plusieurs secondes
dans sa chambre, tout près d'elle, sans qu'elle eût
levé les yeux sur lui. Ils restèrent ainsi muets, em-
barrassés, en face l'un de l'autre. Ce n'était plus
l'entraînement, l'enthousiasme de leur première
entrevue. Ils songeaient moins à eux-mêmes en ce
moment qu'à ceux qui dormaient près de là pleins
de confiance. Une trahison préméditée, exécutée
presque froidement, les humiliait tous les deux.

— Pardonnez-moi, je suis seul coupable, dit Jean
répondant à la pensée d'Hermine.

Et il prit la main de sa cousine.

La jeune fille abandonna sa main sans résistance, mais ses yeux ne regardaient pas Jean ; elle
était triste, pensive.

Jean s'assit auprès d'elle.

— Hermine, dit-il, parlons de vous; de vous qui
êtes mon unique pensée, tout mon espoir !

— Non, dit Hermine avec découragement, à vingt
ans, vous ne pouvez pas lier à jamais votre exis-

tence à la mienne. Pour me rendre heureuse, il
vous faudrait sacrifier votre propre bonheur.

— Ne parlez pas de la sorte, interrompit vivement
Jean. Moi que vous accusez d'irréflexion et d'inex-
périence, j'ai longuement pesé toutes les chances
de l'avenir. Si je vous disais qu'en tout temps, en
tout lieu, quelles que fussent les circonstances
extérieures, je serais heureux auprès de vous, je
parlerais selon mon cœur, selon mes impressions
de ce moment, et vous auriez pourtant raison d'hésiter à me croire ; car, si nous devions passer, je
ne dirai pas toute notre existence, mais seulement
quelques années à Hennebon, dans un milieu où
nos inclinations seraient contrariées, où nos facultés les plus hautes resteraient forcément inac-
tives, mes illusions d'aujourd'hui nous prépa-
reraient à tous les deux de cruelles souffrances.
Mais nous n'avons rien de semblable à redouter :
chose presque inouïe, les nécessités de notre situation sont d'accord avec nos goûts, avec nos besoins
intellectuels ; pour vivre dans le sens prosaïque et
matériel du mot, il nous faudra voyager, nous jeter

esprit et âme dans la grande mêlée humaine. Isolés, nous succomberions peut-être, nous serions du moins exposés à d'humiliantes déviations, à de tristes défaillances ; unis, nous triompherons joyeu sement de tous les obstacles. La longueur des années qui nous restent à parcourir vous effraye ; moi, je trouve au contraire l'existence trop courte. S'aimer, réaliser tout le bien qu'on rêve ensemble, n'est-ce pas là de quoi occuper des siècles ? Si la foi vous manque, Hermine, c'est que vous n'avez pas d'amour.

Hermine, sans répondre, serra sa tête contre la poitrine de Jean.

— Que craignez-vous donc, si vous m'aimez ? reprit Jean à voix basse.

— Je crains le jour où vous ne m'aimerez plus, murmura Hermine.

— Je suis sûr de moi maintenant, dit Jean avec exaltation. Quand je vous ai quittée il y a quelques mois, je n'aurais pas osé vous parler ainsi. Jusqu'alors j'avais cédé à tous les entraînements d'une vie aventureuse, je croyais ces entraînements irrésistibles : depuis que j'ai cherché la force hors

de moi, dans la crainte de vous affliger, sans même
être certain de votre affection, j'ai lutté courageusement contre les événements auxquels jadis j'o-
béissais et j'ai appris à me vaincre moi-même.

— Cela vous a donc coûté !... dit Hermine.

— Beaucoup, dit Jean simplement ; mais du jour
où je vous ai aimée, je ne pouvais plus rien vous
cacher, et en songeant à ce qu'étaient votre vie,
votre conscience à vous, je reculais devant la nécessité d'aveux qui pouvaient me fermer à jamais
votre cœur.

Jean se tut ; il enveloppait sa cousine de regards
naïvement heureux ; il couvrait ses mains de baisers. Hermine s'abandonnait avec bonheur à des
caresses pleines de tendresse, de passion sincère,
d'innocence de cœur.

Pendant les deux semaines qui suivirent, la haie
vive et le petit ruisseau furent bien des fois fran-
chis par Jean. Bien des fois, cachée derrière les
rideaux de sa fenêtre, frissonnante de peur et d'a-
mour, Hermine s'efforça de percer les ténèbres
pour apercevoir plus tôt celui qu'elle aimait.

6.

Toute sa force l'abandonnait quand elle entendait le sable crier sous les pas de Jean. Ce bruit, d'autres pouvaient aussi l'entendre. Une fois dans les bras de son amant, Hermine ne redoutait plus rien.

Une nuit, trois heures sonnèrent sans qu'aucune branche de l'aubépine eût remué, sans que le gravier eût gémi. Jean avait pourtant répété deux fois : « A ce soir. » Hermine devint folle d'inquiétude. Ce n'était plus déjà la jeune fille indécise et timide, c'était une femme fière de son amour, prête à l'avouer hautement, prête à tout braver pour arracher son amant aux périls inventés par une imagination en délire. Vingt fois Hermine se dirigea vers la porte de sa chambre, résolue à courir dans la nuit jusqu'à Keraven ; vingt fois la crainte de réveiller son père l'arrêta. Le temps s'écoulait. Dès cinq heures le jour se fit, et à six heures le soleil se leva radieux. Hermine tomba dans un engourdissement douloureux dont elle fut tirée par la voix de Jean. Jean riait et plaisantait dans le jardin avec madame Tranchevent et Caroline.

La toilette du Bengali n'était pas encore achevée
quand le lieutenant l'appela par la fenêtre de son
cabinet et lui cria que le déjeuner était servi. Si les
parents d'Hermine avaient regardé attentivement
leur fille, l'altération de ses traits les eût effrayés ;
mais on n'observe guère les personnes qu'on voit
tous les jours. Ceux qui nous approchent le plus près
sont toujours les derniers à soupçonner les grands
ébranlements de notre âme. Heureuse de voir Jean
au milieu de sa famille, Hermine avait presque
oublié d'ailleurs les émotions de la nuit ; mais elle
fut sur le point de se trahir quand elle entendit le
lieutenant parler, comme d'une chose arrêtée, du
très-prochain départ du jeune homme.

— Peut-être visiterai-je Carnac, disait Jean d'un
ton assez naturel ; peut-être aussi m'embarquerai-
je directement pour Paris.

— Je ne parierais pas pour Carnac, dit le lieutenant en riant.

— Vous pourriez avoir tort, répliqua Jean.

Hermine se contint à grand'peine pendant le déjeuner.

— Vous partez? dit-elle à Jean d'une voix saccadée, dès qu'il lui fut possible de se rapprocher un instant de lui.

—Oui et non, rien ne doit vous surprendre... Après-demain, dit à haute voix Jean, qui croyait sentir peser sur lui les regards de toute la famille.

Le soir de ce même jour, Jean partit officiellement pour Paris, et, la nuit suivante, avant onze heures, il était près de sa cousine. Hermine attendit jusqu'à cette entrevue l'explication de la conduite si étrange en apparence de Jean.

Madame Louise n'abandonnait pas l'idée du complot matrimonial des Tranchevent; elle veillait soigneusement sur les démarches de son beau-fils. Jean, se sentant espionné, avait dû prendre des précautions inouïes pour se rendre chez Hermine. Toutes ses combinaisons n'empêchèrent cependant pas madame Tranchevent de se trouver un soir dans le jardin, en face de lui, au moment où il allait ouvrir une petite porte donnant sur la campagne. Jean, accablé par sa belle-mère de plaisanteries malvaillantes, et, comprenant qu'il lui serait désormais impossible de voir Hermine s'il restait à Keraven, se départit très-volontairement envers madame Louise de sa déférence habituelle. Il se fâcha, s'exaspéra, et lui rendit sarcasme pour sarcasme. Madame Louise fit intervenir Firmin dans cette querelle, et il fut décidé que le beau-fils irrespectueux retournerait dès le lendemain à Paris. C'était tout ce que voulait Jean; sous prétexte de curiosité archéologique, il n'arrêta sa place que jusqu'à Auray, et, de là, se rendit directement au bourg de Pont-Scorf. En deux heures, il pouvait faire à pied les trois petites lieues qui séparent Pont-Scorf d'Hennebon. Quand tous le croyaient à Paris, il n'y avait aucun danger à traverser pendant la nuit cette petite ville.

Trois fois Jean arriva sans accident jusqu'à la chambre d'Hermine. A son quatrième voyage, au moment d'escalader la haie, il s'arrêta plein d'anxiété. Contre l'habitude, la chambre était brillamment éclairée, et la croisée ne s'ouvrait pas. Jean demeura dans la prairie, caché derrière un arbre. La lumière continua de briller. A l'approche du

jour, le malheureux s'éloigna d'Hennebon le désespoir dans l'âme.

La veille au soir, au moment où madame Achille
Tranchevent s'asseyait entre ses deux filles à la
table de travail, tandis que le lieutenant achevait
de fumer son cigare près de la fenêtre ouverte,
mademoiselle Simonin aînée était entrée dans la
chambre accompagnée de sa sœur Martine et d'Angélina Richard. Les trois vieilles filles échangeaient
entre elles des regards d'intelligence. Au bout d'un
quart d'heure, Angélina, qui semblait vouloir s'ef-
facer en cette circonstance, fit à mademoiselle Simonin aînée un signe de tête qui signifiait : « Parlez
donc ! »

— Est-ce qu'on n'a jamais rien volé dans votre
jardin? dit la doyenne des Simonin au lieutenant,
assis en ce moment sur un petit canapé, au coin de
la cheminée.

— Pas une seule poire, à ma connaissance, répondit le lieutenant.

— Cela m'étonne, reprit mademoiselle Simonin
avec intention.

— Et pourquoi donc? demanda madame Tranchevent.

— Mademoiselle Simonin lança à Angélina un
regard accompagné d'un geste qui signifiait : « A
votre tour. »

— La vieille Françoise, votre marchande de
lait, en attachant, il y a deux jours, sa vache
dans la prairie vers cinq heures du matin, s'est
figuré voir quelqu'un dans votre jardin, dit Angélina.

— Quel conte de bonne femme! s'écria le lieutenant en haussant les épaules.

— C'est possible, reprit Angélina ; cependant
Françoise ajoute des détails très-précis. La personne en question aurait franchi avec précaution la
haie et le ruisseau, puis se serait enfuie du côté du
pont après avoir longtemps regardé la fenêtre du
premier étage.

Hermine, rouge, tremblante, n'osant pas lever
les yeux de peur de rencontrer les regards de son
père, abaissait son front sur une broderie qu'elle
ne voyait plus.

— Françoise aura rêvé tout cela, dit M. Tranchevent après un silence.

— Je ne vous en conseille pas moins de veiller
soigneusement, reprit mademoiselle Simonin, ex-
citée par l'insouciance du lieutenant. Pour tout
vous dire, Françoise affirme que l'individu en
question sortait de votre maison même ; il descendait comme un lézard — c'est l'expression dont s'est
servie la vieille femme — le long de la muraille.

Le lieutenant regarda par hasard sa fille ; le visage
bouleversé du Bengali l'étonna. Une seconde plus
tard il se levait brusquement et s'élançait vers Hermine. Ses yeux venaient de rencontrer le regard de
la pauvre enfant. Hermine laissa tomber sa broderie
et poussa un cri d'effroi. Le lieutenant s'arrêta
court, pétrifié par cet aveu involontaire d'une âme
droite.

— Bengali, tu es folle !... Que t'ai-je fait ?... s'é-
cria le malheureux père avec tendresse et désespoir.

Puis le doute même s'évanouit.

— Ma fille ! cria-t-il de toute sa voix.

Le lieutenant tout entier reparaissait dans ces deux mots.

Hermine tomba aux pieds de son père.

Ce ne fut plus qu'un affreux tumulte. Madame Tranchevent se précipita entre son mari et son enfant. Caroline sanglotait, les demoiselles Simonin et Angélina s'empressaient vers la porte.

— O mon Dieu ! quel malheur ! Si nous avions su, si nous avions pu prévoir !... répétaient-elles toutes les trois à la fois.

Mademoiselle Simonin aînée alla prendre Caroline par la main et l'entraîna vers le corridor.

— Dites à votre père, dites à votre mère que personne ne saura un mot de cette horrible histoire ; nous aimerions mieux mourir que de la raconter ; murmura rapidement la vieille fille à l'oreille de la sœur d'Hermine.

Et les trois complices quittèrent la maison.

Le lieutenant repoussa violemment Hermine, qui alla rouler à l'extrémité de la chambre ; puis il s'affaissa sur une chaise, cacha sa tête entre ses mains et pleura. L'amour, l'orgueil paternel, qui tout à l'heure remplissaient son âme, luttaient encore victorieusement contre les principes, la religion de toute sa vie.

— Le nom de ce misérable ? dit-il après un silence en se tournant vers sa fille, plus accablé que menaçant.

Hermine ne répondit pas.

Ce n'était plus à sa fille que le lieutenant pensait. Il bondit vers l'infortunée.

— Son nom ?... cria-t-il d'une voix tonnante.

— Non, murmura Hermine, non !...

Et, comme son père lui avait saisi le bras et la secouait violemment :

— Tuez-moi, balbutiait-elle d'une voix sourde, tuez-moi !

Ses membres se roidirent, son visage se décolora. Sa mère et sa sœur la soutinrent, la ranimèrent.

— Emportez-la ! dit le lieutenant, sombre, désespéré.

Les deux femmes traînèrent Hermine jusque dans la chambre de Caroline.

Le surlendemain, vers dix heures du matin, le

lieutenant marchait lentement dans sa chambre, les bras pendants, la tête inclinée sur sa poitrine. En trente-six heures, il avait vieilli de vingt ans.

La porte s'ouvrit doucement, et madame Tranchevent entra, les yeux enflammés par les larmes, chancelante à faire pitié.

— Elle a une fièvre terrible, et par instants le délire, dit-elle à voix basse.

— Je vous avais défendu d'aller la voir ! dit le lieutenant avec une certaine rudesse.

— Mon ami !... murmura la pauvre mère d'un ton suppliant.

Le lieutenant n'entendait plus sa femme. Un abattement complet avait remplacé les larmes et les colères des premiers instants. Son désespoir ne savait à qui s'attaquer. Malgré les prières de Caroline, seule autorisée à lui parler, Hermine refusait toujours de nommer son amant, et sa faiblesse extrême, de fréquentes crises nerveuses, une forte fièvre, ne permettaient pas de longues obsessions. La malheureuse enfant avait dû cependant livrer une partie de son secret à sa sœur. Jean devait venir

près d'elle le lendemain du jour de la dénonciation.
Qu'arriverait-il, s'il entrait dans sa chambre, s'il
s'y trouvait face à face avec son père?... Un sinistre
cauchemar montrait à Hermine son père et son
amant morts, tués l'un par l'autre. Elle sortait pour
un moment de son douloureux assoupissement et
jetait des cris déchirants. Jean arrivait d'ordinaire
vers onze heures; à dix heures, Hermine se résigna
à confier ses terreurs à Caroline. Tremblant pour
les jours de son père, menacés, pensait-elle, si le
lieutenant se trouvait en présence d'un homme
que, dans sa naïveté, elle estimait ne pouvoir être
qu'un misérable, Caroline consentit à illuminer la
chambre d'Hermine et à s'y tenir jusqu'au matin.
Hermine espérait que ces dispositions inusitées
suffiraient pour inquiéter Jean, pour le tenir à distance ; nous avons vu qu'elle ne se trompait pas.

Le lieutenant continuait sa morne promenade,
quand la porte de la chambre s'ouvrit une seconde
fois. Firmin Tranchevent s'avança vers son frère
et lui serra longuement la main. Trop préoccupé
pour remarquer l'air mystérieux et solennel de

Firmin, le lieutenant, par orgueil, par honte, par habitude de bienveillance, s'efforça de composer son visage et de cacher sa tristesse. Il n'imaginait même pas que son frère pût rien soupçonner. Personne ne parlait.

— Vous supportez votre malheur mieux que je n'osais l'espérer, dit enfin M. Tranchevent jeune à son frère et à sa belle-sœur.

Le lieutenant pâlit et tourna le dos à Firmin. Madame Tranchevent ne répondit pas.

— Ces pauvres demoiselles Simonin sont désolées, continua Firmin; elles sont venues hier au soir raconter leur chagrin à ma femme...

— Laissons ces malheureuses! dit brutalement le lieutenant.

— Vous avez tort de leur en vouloir; mais ce n'est pas là l'important : qu'allez-vous faire? quel parti prendrez-vous? Cela ne peut se passer ainsi! Hermine est d'une famille qui peut marcher de pair avec les premières familles du pays. Quel que soit le misérable qui s'est joué de nous, il faudra bien qu'il s'explique, qu'il épouse, sinon...

— Je ne sais pas son nom, dit brièvement le lieutenant.

—Je le soupçonne, moi, reprit le châtelain de Keraven, qui ne pardonnait pas aux nobles d'Hennebon d'avoir repoussé ses avances. Il n'y a que des *noblichons* de province, des gentilshommes de basse-cour, gueux comme des rats, orgueilleux comme des paons et plus rustres que leurs valets, pour commettre de pareilles infamies. Je voudrais bien voir que quelque sotte douairière eût l'idée d'invoquer son blason pour refuser d'admettre Hermine dans sa famille !

— Elle en aurait le droit aujourd'hui, dit l'intègre lieutenant.

En ce moment, madame Louise entra dans la chambre. Son vrai caractère, habilement dissimulé d'ordinaire, apparaissait ce jour-là dans toute sa laideur.

— Eh bien, dit-elle en affectant de s'adresser seulement à son mari, mais assez haut pour que le père et la mère d'Hermine pussent l'entendre ; Jean est de retour. Il n'a même, je crois, jamais quitté Hennebon. Tout s'explique : c'est lui.

Le lieutenant attachait sur sa belle-sœur des regards effarés.

— Lui? dit-il sans trop comprendre.

— Hélas! j'avais dès longtemps prévu ce qui arrive, continua Louise; mais mes avis sont toujours comptés pour rien dès qu'il s'agit de ce malheureux Jean.

— Jean! s'écria le lieutenant blessé au cœur, moins accablé pourtant, car il connaissait l'âme de son neveu.

— Que ne m'avez-vous écoutée? répétait Louise à son mari.

Écrasé par ce dénoûment inattendu, Firmin ne trouvait pas un mot à répondre.

— Malheureux enfants! dit le lieutenant à voix basse.

— Je n'ai rien à me reprocher; je vous avais prévenu, murmura madame Louise en se retournant vers son beau-frère.

— Que prétendez-vous dire? s'écria vivement le lieutenant.

— Rien, rien... reprit la belle-mère de Jean d'un ton plein d'insinuations venimeuses.

Les yeux du lieutenant s'injectèrent de sang. Firmin faisait des ronds sur le plancher avec sa canne pour se donner une contenance. Madame Tranchevent aînée n'osait prononcer une parole de peur de déplaire à son mari.

— J'espère que votre fils va rejoindre au plus vite son régiment, dit tout à coup madame Louise en s'adressant à son mari.

Voyant tous ceux qui l'entouraient indécis et troublés, la mère de Cyprien s'était résolue à enlever d'assaut la situation.

— Nous verrons cela..., balbutia Firmin sans quitter le plancher des yeux.

Le lieutenant était assis en face de son frère. Son coude s'appuyait sur son genou, et son menton sur sa main. Ainsi posé, la tête agitée par un tremblement convulsif, il fixa pendant quelques secondes sur Firmin un regard chargé d'ironie et d'amer-

tume. Firmin, mal à l'aise, comme opprimé, essaya
de lever les yeux, puis les abaissa aussitôt en rou-
gissant.

— Je jure, s'écria tout à coup le lieutenant en
donnant sur une table placée près de lui un coup
de poing qui ébranla tout l'appartement, je jure
sur l'honneur que, de mon consentement, Hermine
n'épousera jamais son cousin... Vous êtes tran-
quilles maintenant ? ajouta-t-il avec un calme terrible en regardant l'un après l'autre son frère et sa
belle-sœur.

— A leur âge, dans leur position, c'eût été une
véritable folie, dit madame Louise, ravie de son
succès.

Madame Tranchevent essuya en cachette deux
grosses larmes.

— On pourra voir plus tard, quand Jean aura
quitté le service, hasarda timidement Firmin.

— Comment ! encore !... cria le lieutenant avec
un éclat de voix qui fit frissonner ceux qui l'entouraient.

Un silence complet suivit cette exclamation. On

7.

n'entendait que le tic-tac de la pendule et le choc des aiguilles à tricoter de madame Tranchevent. Louise et son mari ne trouvaient pas la force de partir ; à peine osaient-ils se regarder. Il leur semblait que le moindre mouvement, le moindre bruit allaient amener une effroyable catastrophe. Ils tremblaient de réveiller le lieutenant...

Des pas précipités retentirent dans l'escalier. La porte fut violemment ouverte, et Jean apparut blême, égaré. Après un moment d'hésitation, il se précipita aux pieds de son oncle.

— Pardonnez-moi ! pardonnez-nous !... dit il d'une voix sourde et pleine de larmes.

Le père d'Hermine ne le repoussa pas.

— Vous m'avez tué ! murmura-t-il en voilant ses yeux de sa main.

Jean restait agenouillé, il attendait son arrêt.

— Obéissez à vos parents, reprit le lieutenant d'une voix qu'il s'efforçait de rendre ferme ; eux seuls ont le droit de disposer de vous. Vous n'êtes plus rien dans une famille que vous avez à jamais désolée.

— Et Hermine?... cria Jean avec force. Hermine, que deviendra-t-elle? Vous m'ordonnez de l'abandonner quand elle est malheureuse par ma faute, quand elle a besoin de moi!... De grâce, ajouta-t-il en suppliant son oncle, ne me séparez pas d'Hermine.

— J'ai donné ma parole. Je comprends, d'ailleurs, les susceptibilités de votre père, car les lois de l'honneur sont inflexibles, répliqua le lieutenant.

Même après ce qui venait de se passer, l'honnête lieutenant n'avait pas l'idée qu'une cinquantaine de mille francs de dot eussent singulièrement modifié aux yeux de son frère le code de l'honneur.

— Que m'importent ceux qui me torturent, ceux qui m'ordonnent une lâcheté? cria Jean au comble de l'exaltation. Qu'on m'abandonne, qu'on me déshérite, qu'on me maudisse, on en a le droit... Je resterai libre de disposer de moi-même, libre de protéger l'être que j'aime le plus au monde. Où est Hermine? Je veux la voir.

— Je vous le défends, dit le lieutenant avec autorité.

— Mon oncle, ayez pitié de nous ! reprit le malheureux enfant.

Une lutte affreuse se livrait dans l'âme du lieutenant, non pas entre deux intérêts, mais, pour ainsi dire, entre deux consciences ; entre la conscience naturelle, instinctive, la conscience du cœur, qui lui disait : « Sauve ta fille, fais-la heureuse ! » et la conscience apprise, la conscience de l'orgueil, de la convention, qui se cabrait, s'indignait. — On l'avait accusé de complicité dans une basse intrigue, lui, Achille Tranchevent, lui, l'homme loyal, l'homme probe et désintéressé, l'homme sans reproches ! — La conscience de l'égoïsme l'emporta.

— Je ne pourrais, sans m'abaisser, défendre votre cause, répondit-il.

Jean prit sa tête à deux mains et poussa un cri étouffé. C'était la première fois que l'impétueux jeune homme se brisait contre des obstacles qui lui paraissaient honteux et absurdes. Après une crise violente, il tomba épuisé sur une chaise et sembla réfléchir profondément. Quand il se releva, sa résolution était prise.

— Adieu! dit-il, presque avec calme, en tendant la main à madame Tranchevent.

Les larmes inondaient le visage de la mère d'Hermine, elle hésita un moment; puis elle serra longuement la main du jeune homme. Jean s'approcha ensuite du lieutenant. Pour ne pas s'attendrir, le père d'Hermine détourna la tête. Sans même paraître soupçonner la présence de son père et de sa belle-mère, le fils de l'Italienne se dirigea vers la porte et quitta la maison. Il se rendit à l'auberge la plus proche et choisit une chambre, dont les croisées s'ouvraient sur la place du marché, en face de la maison Tranchevent. Nombre de visiteuses se présentèrent à la porte du lieutenant, la vieille Jeannette les congédia toutes. Madame Chabriat ayant seule été exceptée de cette consigne, Jean en conclut qu'Hermine était malade. On aimait mieux se confier à une amie qu'au médecin.

N'entrevoyant aucun moyen de pénétrer jusqu'à sa cousine, Jean passa la nuit entière à lui écrire des lettres indignées, furieuses, désespérées ; puis, quand vint le jour, il déchira successivement, après les avoir relues, toutes les pages noircies par sa plume.

— Mon désespoir doublerait le sien, pensa-t-il ; il ne faut pas qu'elle connaisse ma faiblesse. Peut-être regrette-t-elle déjà en ce moment d'avoir aimé un enfant incapable de la protéger. Je lui apprendrai que je suis digne de son amour. Moi, pauvre esclave, encore sous la férule paternelle, je saurai la consoler, la fortifier.

Et Jean écrivit :

« Pardonne-leur à tous, et crois au bonheur. Nous séparer pendant quelques années, ils ne peuvent rien de plus ; l'avenir est à nous. Dans cinq ans, dans six ans, pleins d'ardeur et de jeunesse, nous nous emparerons de la vie avec une puissance que, sans l'épreuve, nous n'aurions jamais possédée.

» Une parole de ton père pouvait changer notre désespoir en joie. Ton père t'adore, ton père m'aime encore, je l'ai bien senti hier. Tu te mourais à

quelques pas de lui, je sanglotais à ses pieds, et
cette parole, il ne l'a pas prononcée. J'ai tout compris
en ce moment terrible. *Elle,* celle que je ne veux pas
nommer, a su lui faire un point d'honneur de notre
séparation. La honte pour toi, pour lui, pour les
siens (à ses yeux c'est ainsi), ton malheur, le malheur de tous, il a accepté cela plutôt que de se laisser toucher. Les destinées seront brisées, les cœurs
broyés autour de lui : c'est bien, pourvu qu'il reste
inattaquable et fort. Excuse-moi, Hermine, j'ai tort
d'accabler ton père; c'est pour lui, pour ceux qui
lui ressemblent, qu'il a été dit : « Ils ne savent pas
ce qu'ils font. »

» Ils m'obligent à partir sans te revoir ; mais
prends courage, nos cœurs seront ensemble.
L'heure de la délivrance sonnera; le jour viendra
où le Bengali chantera libre sous un ciel toujours
pur. »

Jean s'arrêta ici. — comment faire parvenir sa
lettre jusqu'à Hermine ? — Le soleil dorait déjà les
tours de la vieille église quand il entrevit la possibilité d'une solution. Après mille projets, sa pensée

s'arrêta sur madame Chabriat. Appelée comme médecin auprès d'Hermine, madame Chabriat devait
oublier devant sa malade tous ses préjugés de
femme. Avant sept heures, Jean frappait à la porte
de la bonne dame. Malgré ses résolutions, il avait
ajouté à sa lettre cinq ou six pages dans lesquelles
son cœur s'épanchait en cris de douleur, en effusions de tendresses. Nous n'essayerons pas de
transcrire ces lignes intraduisibles.

Madame Chabriat ouvrit elle-même sa porte. En
reconnaissant Jean, elle recula indignée. Grâce à
madame Louise, le nom de l'amant d'Hermine
avait déjà fait le tour d'Hennebon. Jean, possédé
par une idée fixe, ne remarqua même pas la physionomie de madame Chabriat. Presque d'autorité,
il referma la porte et raconta franchement, naïvement, avec toute son âme, la scène de la veille.

— Comment! vous consentiez à épouser Hermine,
et M. Tranchevent vous a refusé son autorisation ?
s'écria madame Chabriat stupéfaite. Il devient donc
fou, ce cher lieutenant?

Jean ne s'était pas trompé ; après quelques

représentations amicales, madame Chabriat consentit à remettre la lettre à Hermine. L'état de la malheureuse enfant était, disait-elle, fort alarmant. Hermine ne pleurait pas, ne se plaignait pas. Un assoupissement douloureux, interrompu par des crises nerveuses et par une toux sèche, faisait craindre une maladie longue et grave ; une émotion heureuse amènerait peut-être quelque révolution favorable. Puisque les intentions de Jean étaient celles d'un galant homme, madame Chabriat ne voyait nul inconvénient à tenter une médication morale. Jean remercia madame Chabriat avec un attendrissement qui lui gagna le cœur de la vieille dame.

Une heure plus tard, Hermine lisait la lettre de son cousin. Elle avait ignoré jusqu'alors ce qui s'était passé entre Jean et son père. L'ordre de ne rien raconter à sa sœur, de la scène intime de la veille avait été donné par le lieutenant à Caroline, et la bonne fille respectait scrupuleusement les injonctions paternelles. Quand elle rentra dans la chambre d'Hermine, peu d'instant après le départ de madame

Chabriat elle ne comprit rien à l'agitation extraordinaire du Bengali.

— Supplie mon père de venir me voir ; il faut absolument que je lui parle, il le faut, entends-tu bien ! criait avec exaltation la pauvre Hermine.

Caroline effrayée s'empressa de transmettre au lieutenant la prière de la malade.

— Je ne la reverrai jamais, dites-le lui, répondit Alexandre-Achille. Dès que sa santé le permettra, elle quittera une maison qu'elle a remplie de honte et de deuil, ajouta-t-il d'une voix étouffée.

Ces cruelles paroles furent fidèlement rapportées au Bengali par Caroline.

Jusque-là, Hermine ne s'était rendu un compte exact ni de sa situation, ni de l'avenir qui l'attendait. Elle aimait d'ailleurs trop tendrement son père pour que ce dur langage ne provoquât pas chez elle une sorte de délire. Puisant des forces dans la fièvre ; dans le désespoir, elle se leva pendant une absence de sa sœur, prit de l'encre, une plume, du papier, et, de retour dans son lit, elle écrivit d'une main rapide :

« On me chasse ; je suis libre, libre ! c'est-à-dire à
toi, au bonheur !... Ne pars pas encore, attends-
moi. Je reprendrai vite des forces maintenant. Nous
irons ensemble loin, bien loin d'ici. J'étouffe dans
cette maison, dans ce village, sous ce ciel sombre.
Je vais vivre enfin ! Je ne t'ai jamais dit tout ce que
j'ai souffert. La Ginevra a voulu m'emmener avec
elle. Ils ne l'ont pas voulu. Sans toi, je serais
morte... »

La tête d'Hermine retomba sur l'oreiller et la
plume s'échappa de sa main. Elle était tout à fait
sans connaissance, une demi-heure plus tard,
quand madame Chabriat rentra dans sa chambre.

L'amie des Tranchevent considérant le mariage
de ses protégés comme un événement très-prochain, n'hésita pas un seul instant à remettre au
fils de l'Italienne les lignes écrites par Hermine.
Ces lignes excitèrent chez Jean des transports insensés. Il riait et pleurait à la fois ; il embrassait
madame Chabriat, il l'appelait sa mère, sa libéra-
trice, son ange gardien. Ne comprenant guère
qu'on pût en vouloir sérieusement à un aussi char-

mant enfant, la bonne dame attachait de moins en moins d'importance aux colères du lieutenant.

— Guérissons le Bengali, et tout ira bien ensuite, disait-elle gaiement.

Le soir de ce même jour, Firmin Tranchevent signifia à son fils, dans un billet dicté par Louise, qu'il eût à quitter immédiatement Hennebon, s'il n'aimait mieux y être contraint par des moyens de rigueur. Jean dut obéir. Quoique cet incident s'accordât peu avec les appréciations de madame Chabriat, elle consentit à se charger des lettres qu'Hermine et Jean ne cessaient pas de s'écrire.

Quinze jours s'écoulèrent avant qu'Hermine pût se lever. Pendant tout ce temps, elle n'entendit parler ni de son père ni de sa mère ; elle ne vit que Caroline et madame Chabriat, elle n'eut d'autre consolation que les lettres de Jean. A peine se rappelait-elle de temps à autre qu'elle habitait encore Hennebon, tant son imagination vivait dans l'avenir. Des projets de lointains voyages s'agitaient dans sa tête ; mais elle voulait d'abord se rendre à Paris où Jean devait passer quelques semaines avant de rejoindre son régiment récemment parti pour l'Afrique. La Ginevra, qui avait reçu dès les premiers jours les confidences de son élève, écrivait, par l'entremise de madame Chabriat, lettre sur lettre à la jeune fille. L'appartement d'Hermine était déjà préparé chez l'artiste ; on attendait impatiemment le Bengali. Songeant à tout, la Ginevra fit passer à Hermine dans une lettre l'argent nécessaire au voyage.

Le lieutenant entendit un matin un bruit extraordinaire dans la chambre habitée par Hermine. Depuis la scène qui l'avait séparé de sa fille, il exigeait que madame Tranchevent fût toujours auprès de lui, pour être certain qu'elle ne voyait pas sa malheureuse enfant. La mère du Bengali se dirigea sans mot dire vers la porte.

— Reste ici cria le lieutenant d'une voix terrible, qui rejeta la pauvre mère dans son fauteuil.

Le bruit continuait. Caroline entra et se mit à broder. Le lieutenant observa longtemps sa fille avec une anxiété visible.

— Que fait-elle ? murmura-t-il enfin d'une voix à peine intelligible.

— Elle fait ses malles, mon père, répondit Caroline, les larmes aux yeux.

Le lieutenant prit une plume et traça quatre mots sur un papier : « Où comptez-vous aller ? » Puis il tendit silencieusement le papier à Caroline, qui se leva et sortit.

Hermine frissonna en reconnaissant l'écriture de son père ; mais elle ne savait pas mentir. « A Paris, chez la Ginevra, » écrivit-elle au-dessous de la question du lieutenant, et elle tomba accablée dans un fauteuil. Toutes les douleurs du passé, ces douleurs presque oubliées, se réveillèrent. Une heure plus tard, elle recevait la lettre suivante.

« J'avais résolu de n'avoir désormais rien de commun avec vous ; mais devant la résolution que vous m'annoncez, le silence serait un crime. Au nom de votre mère, au nom de votre sœur, au nom aussi de l'amour que je vous ai porté, je viens vous supplier d'avoir pitié de nous, d'avoir pitié de vous !

— N'ajoutez pas le scandale à la honte, n'étalez pas publiquement notre déshonneur à tous ! — S'il vous reste encore quelque sentiment honnête dans l'âme,

vous ne pouvez souhaiter que deux choses aujour-
d'hui, la clémence de Dieu et l'oubli des hommes.
Ces deux choses, l'obscurité d'un couvent peut seule
vous les donner; c'est dans un couvent que vous
devez vivre. — Si vous vous avilissez, l'abandon, le
désespoir ne vous serviront pas d'excuse. Celui à
qui vous avez ôté plus que la vie veut bien encore
s'occuper de vous. — Dans la maison de retraite du
Faouët, où nous avons visité autrefois ensemble
une amie de votre mère, la pension annuelle est
de six cents francs. Quelque énorme que soit cette
somme, qui représente près du quart de mon revenu actuel, je consens à la payer pour vous. De
longues années d'expiation et de repentir ne vous
rendront pas l'estime des hommes : ce bien, le plus
précieux de tous, vous l'avez irrévocablement
perdu; mais les murs du cloître vous préserveront
du moins des railleries et du mépris. — Un dernier
mot encore : dans un an et quelques mois vous
atteindrez votre vingt et unième année, et la loi
vous fera libre. Si vous songiez encore à monter
sur un théâtre, l'honnête homme qui n'ose plus

maintenant regarder un honnête homme en face,
le père dont vous avez brisé le cœur, vous conjure
de l'épargner. »

L'infortunée qui se réveille de sa léthargie, peut-
être d'un songe heureux, pour se sentir emprison-
née dans un linceul, murée vivante dans une tombe,
n'éprouve pas des angoisses plus cruelles que les
angoisses qui déchirèrent le cœur d'Hermine. Tout
à l'heure l'espace libre, les cieux étincelants, et
maintenant plus rien, rien que la pierre froide du
sépulcre !...

Le lendemain, vers quatre heures du matin, une
voiture de louage s'arrêtait devant la maison du
lieutenant. Caroline y fit placer des paquets, des
malles, puis elle alla chercher sa sœur. Stupide de
douleur, se soutenant à peine, Hermine, descendit
les deux étages. Au bas de l'escalier, une femme
en pleurs l'étreignit entre ses bras sans prononcer
un mot. La mère d'Hermine désobéissait en ce moment aux ordres les plus formels de son mari. Un
gros garçon de ferme, qui servait de postillon, prit
alors Hermine dans ses bras et la coucha au fond

de la voiture. Caroline se plaça sur la banquette de
devant, auprès du postillon. Bientôt, le fouet
claqua, les roues s'ébranlèrent sur le pavé, rendu
glissant par une pluie fine, et le cabriolet disparut
dans les rues encore désertes. Madame Tranchevent était étendue sans connaissance sur les
dernières marches de l'escalier. Le lieutenant
sanglotait dans sa chambre.

V

CAMILLE A HERMINE.

« Pourquoi donc es-tu restée près d'un an sans
m'écrire, ma chère âme ? Tu sais bien que personne ne t'aime autant que moi ! Au fond de ta
prison, dis-tu, par le plus grand des hasards, la
nouvelle de mon mariage t'est parvenue ; moi
aussi, ma chérie, j'ai vaguement entendu parler de

toi. On m'avait raconté, et cela d'après l'affirmation d'un des membres de ta famille, que, saisie d'une grande ferveur religieuse, tu t'étais retirée dans un couvent avec l'intention d'y prendre le voile. Moi qui me rappelais nos beaux rêves, ton chant passionné, ta beauté ravissante, je doutais encore. Ta lettre m'a prouvé que j'avais raison. — Puisque tu as bien voulu être complétement franche avec moi, permets-moi de te gronder un peu, ma petite Hermine. Comment as-tu pu être assez maladroite pour te perdre ? L'histoire de ton amour te semble prodigieuse, inouïe ; tu crois ton imprudence sans pareille, ton audace sans exemple ! Eh ! ma pauvre enfant, ce que tu as fait dans des circonstances extraordinairement favorables, je l'ai osé faire, moi, dans des conditions que tu ne saurais imaginer. — Autrefois, quand notre délicieuse intimité m'entraînait à quelque confidence, tes questions naïves, tes beaux grands yeux étonnés m'arrêtaient court ; mais aujourd'hui je puis tout te dire. Mon histoire avec Alfred ne ressemble en rien à ce que je t'ai raconté. Il a fallu ta candeur pour ne pas

deviner la vérité. Plus tard, après t'avoir quittée,
l'ennui, la tristesse, le découragement, m'ont jetée
dans un autre amour. Ne m'accuse ni de légèreté
ni d'inconstance, ma chère petite puritaine ; j'étais
bien jeune quand j'ai rencontré Alfred ! Et puis,
moi qui n'ai jamais connu ma mère, j'avais tant
besoin d'affection, de tendresse ! Enfin, tu as aimé,
tu me comprendras... »

Hermine laissa tomber la lettre. Pour la première fois, Camille lui apparaissait telle qu'elle était
réellement.

Le Bengali se promenait en ce moment dans un
petit jardin fermé de murs, sans horizon, sans air.
Les rares fleurs qui se reproduisaient d'elles-
mêmes dans les plates-bandes envahies par le
chiendent et les mauves sauvages n'avaient ni
couleur, ni parfum. Sur les arbres, écrasant les
feuilles jaunies, séchaient de sordides haillons ;
quelques femmes aux figures pâles, amaigries, aux
yeux égarés, marchaient lentement dans les allées.
Aux fenêtres du couvent apparaissaient d'autres figures plus vieilles, hébétées par une longue réclu-

sion. Toutes ces malheureuses étaient à divers
degrés imbéciles ou folles. Leur histoire à toutes
était la même, histoire si vulgaire, qu'elles excep-
tées, personne n'eût songé à la raconter : toutes
avaient aimé et toutes avaient été violemment
séparées de ceux qu'elles aimaient, dédaignées ou
trahies.

— Ressembler à Camille ou partager la destinée
de ces femmes, s'amuser de l'amour ou en mourir,
n'y a-t-il rien hors de là ? se disait Hermine en passant encore vivante, encore belle, au milieu de
ces ombres.

Depuis un an, la vie d'Hermine n'était plus
qu'une continuelle torture. Plus malheureuse mille
fois que ses compagnes, elle se mourait d'aspirations impuissantes, de force inactive, de désirs, de
regrets, de rêves. Les lettres de Jean, les pages ardentes de la Ginevra venaient sans cesse lui rappeler qu'au delà des murs de sa prison il y avait
l'ivresse de l'amour, l'enthousiasme, la liberté.

Un matin, sans s'être annoncée, la Ginevra arriva au Faouët ; en la voyant, Hermine oublia tous

ses chagrins, elle retrouva même pour un moment son animation et sa fraîcheur. La Ginevra voulait passer toute la journée près de son Bengali ; elles descendirent dans le jardin. L'artiste entretenait son élève d'un voyage qu'elle venait de faire en Italie et surtout de Jean, qu'elle avait vu souvent à Paris avant son départ pour l'Afrique. Au bout de quelques instants, chaque croisée du couvent cachait à demi une tête stupidement étonnée ; les pauvres filles errantes dans les allées s'enfuyaient vers leurs chambres avec des gestes effarouchés, et les religieuses, la supérieure en tête, sous prétexte de soins domestiques, rôdaient autour des deux amies, qu'elles poursuivaient de regards curieux et défiants. La belle, l'expansive et rayonnante Ginevra, dans cette morne demeure, c'était l'éblouissante lumière de midi, envahissant subitement quelque retraite ténébreuse et glacée. Bientôt la Ginevra se tut. L'artiste libre et passionnée, dont l'existence n'était qu'une poursuite anxieuse du beau sous toutes ses formes, se sentait défaillir devant ses laideurs physiques, surtout devant cet abaissement

8.

de la nature morale. Aucun refuge pour l'imagination attristée ; l'espace manquait, et la terre était inerte comme les âmes.

Hermine, étonnée du silence de son amie, leva les yeux sur elle et s'aperçut qu'elle pleurait. La Ginevra surprit ce regard.

— Tu ne peux pas rester ici, s'écria l'artiste en serrant la jeune fille contre son cœur ; tu es pâle, tu es triste, je ne l'avais pas remarqué d'abord. Demain, j'irai voir ton père.

Hermine secoua douloureusement la tête.

— Tu étais intimidée, troublée ; tu t'es laissée sacrifier sans te plaindre, pauvre Bengali ! mais moi, je saurai lui parler.

Pour toute réponse, Hermine remit à la Ginevra la lettre du lieutenant, l'unique preuve de souvenir que son père lui eût donnée depuis un an.

Accoutumée à n'avoir d'autre guide que son cœur, d'autre but que le bonheur de ceux qu'elle aimait, la Ginevra ne pouvait rien comprendre à l'indignation impitoyable du lieutenant, aux épithètes flétrissantes dont il accablait sa fille.

— Il devient fou! tout à fait fou! Moi qui l'ai connu bon, généreux, plein de cœur! Pauvre lieutenant! C'est égal, si tout n'est pas mort en lui, tu sortiras d'ici! 'Aie confiance en la Ginevra!

Le lendemain, vers midi, la Ginevra entrait dans la chambre de madame Tranchevent. Dès que la mère d'Hermine l'aperçut, elle se jeta dans ses bras tout en larmes. La pauvre femme devinait instinctivement que l'artiste lui apportait quelque chose de sa fille. Au lieu de s'élancer, comme il l'eût fait autrefois, vers son amie, le lieutenant devint blême et resta immobile à sa place. La Ginevra connaissait son malheur, il n'éprouvait plus devant elle qu'une profonde humiliation.

Pendant le trajet du Faouët à Hennebon, seule dans une mauvaise carriole, la Ginevra était arrivée à se persuader qu'elle allait demander au lieutenant une chose parfaitement simple. En face de son vieil ami, de ce père foudroyé dans ses plus chères affections et dans son orgueil, elle éprouva une sorte de timidité qu'elle n'avait jamais connue.

Elle ne savait comment attaquer, comment vaincre des sentiments qu'elle comprenait mal. Accoutumée de longue date à ne jouer dans son ménage qu'un rôle secondaire, madame Tranchevent s'était remise à tricoter auprès de la croisée, laissant son mari et la Ginevra vis-à-vis l'un de l'autre à l'extrémité de la chambre.

Le lieutenant se décida enfin à tendre la main à l'artiste ; il lui adressa sur sa santé de banales questions auxquelles la Ginevra répondit à peine.

— J'ai vu Hermine hier, dit-elle tout à coup avec une courageuse résolution.

Le lieutenant fit un geste comme pour empêcher la Ginevra de continuer.

— Hermine ne peut pas rester dans ce couvent ; c'est une odieuse prison. Si vous tenez à l'existence de votre fille, il faut l'en retirer au plus vite.

— De grâce laissons cela ! murmura le lieutenant.

— Qu'a-t-elle donc fait, cette malheureuse enfant, pour mériter les tortures que vous lui infligez? s'écria la Ginevra avec force.

— Je vous l'ai dit en d'autres temps, Ginevra,

nous ne nous entendrons jamais sur certains points, murmura lentement le père d'Hermine.

— Certes, non, répliqua la Ginevra. Mon bon lieutenant, mon vieil ami, poursuivit-elle en changeant complétement de ton et de physionomie, il ne s'agit pas de savoir qui de nous deux a raison ; il s'agit de ·sauver une douce, une charmante enfant qui se meurt d'ennui, d'isolement, de tristesse. Vous ne songez donc jamais à ce que souffre votre Hermine ?

— Je souffre encore davantage, dit M. Tranchevent avec accablement.

— J'ai bien envie de vous dire que c'est un peu votre faute, hasarda la Ginevra avec douceur. Faites taire un instant la susceptibilité ombrageuse dont vous me permettiez de rire autrefois; songez un peu moins à l'opinion des autres, écoutez un peu plus votre raison, votre cœur, et vous vous apercevrez peut-être qu'au fond il n'y a guère lieu à ce grand désespoir.

— Ginevra ! interrompit le lieutenant d'une voix indignée.

— Eh ! mon Dieu ! s'écria l'artiste avec une noble franchise, vous m'avez bien appelée votre sœur, moi ! Je ne vous ai pourtant jamais caché ma vie. Comment pouvez-vous punir comme un crime irrémissible chez une enfant ce que vous excusiez chez une femme en possession de toute sa force, de toute sa liberté ?

Madame Tranchevent, la digne mère de famille, esclave de ses devoirs, s'associait de toute son âme à cet appel hardi à la justice.

Le lieutenant demeurait silencieux ; la Ginevra crut l'avoir ébranlé.

— Lisez ceci, dit-elle en lui présentant comme dernier argument un papier sur lequel Hermine avait écrit ces quelques mots : « Je t'en supplie, mon père, laisse-moi sortir d'ici. » Le lieutenant écrivit au-dessous : » S'il vous est indifférent de faire mourir de douleur le père que vous avez déshonoré, vous pouvez quitter le couvent. » Puis il rendit le papier à la Ginevra.

L'artiste rougit d'indignation après y avoir jeté les yeux.

— Vous n'avez pas de cœur ! s'écria-t-elle.

Puis elle sortit brusquement.

La Ginevra passa près d'un mois au Faouët avec Hermine. Elle s'efforça de cacher à son Bengali ses colères, ses inquiétudes, surtout l'horreur qu'elle éprouvait pour l'accablante existence du couvent ; mais sa physionomie, ses discours, n'en trahissaient pas moins la révolte et l'ennui. Les Spartiates, tant accusés, se disait-elle souvent à elle-même avec colère, en observant la maigreur et la pâleur d'Hermine, les Spartiates ne tuaient du moins que les infirmes et les idiots; dans cette société française tant vantée, ce sont leurs enfants les mieux doués, les natures supérieures que les pères sacrifient aux convenances et à ce qu'ils appellent l'honneur. Le séjour de la grande artiste au Faouët fit plus de mal que de bien à Hermine. Après son départ, la jeune fille se sentit non-seulement plus seule, mais mille fois plus souffrante, plus découragée qu'auparavant.

Deux ans s'étaient passés. Le Bengali se mourait au Faouët. Sa poitrine, toujours faible, était mor-

tellement atteinte ; ses forces déclinaient de jour en
jour. Comme toutes les âmes ardentes qui désespè-
rent du bonheur, elle s'était plu longtemps à exa-
gérer ses souffrances morales et physiques. Sa douceur, sa bienveillance, lui avaient gagné, dès les
premiers jours, la sympathie des pauvres créatures
qui l'entouraient ; elle ne se déplaisait point au
milieu d'elles, et pourtant elle passait souvent des
semaines entières dans une solitude absolue. Éprou-
vant un besoin d'exercice que l'exiguïté du jardin
ne lui permettait de satisfaire qu'incomplétement,
elle se renfermait pendant de longs mois dans sa
chambre ; d'autres fois elle s'exposait sans nécessité
au froid, à la pluie ; elle se promenait bien avant
dans la soirée la tête nue dans la brume, les pieds
dans la terre mouillée.

— Vous vous tuerez ! lui disaient les religieuses,
qui traversaient le jardin au retour de la prière.

— Tant mieux ! répondait intérieurement Hermine.

Mais, quand les maladroites exhortations des
sœurs et les hochements de tête du médecin qui

la soignait lui eurent révélé l'approche possible de
la mort, une révolution subite se fit en elle ; à tout
prix elle voulut vivre. Elle écrivit à Jean, au fond de
l'Afrique, une lettre où la prévision d'une fin prochaine se mêlait à des élans impétueux vers le bonheur, à des projets insensés. Jean, au désespoir,
confia ses angoisses à un vieux capitaine dont il
avait conquis l'amitié, en le dirigeant dans des
études géologiques. Cet officier obtint pour lui un
congé de quinze jours. Il fallut presque une semaine
à Jean pour arriver jusqu'au Faouët. Une lettre
l'avait devancé : il était convenu qu'il s'annon-
cerait comme le frère d'Hermine. L'identité du nom
et de l'âge rendait cette assertion tellement vrai-
semblable qu'aucun doute ne fut émis par la dé-
fiante supérieure.

Il faisait nuit lorsque Jean entra dans la chambre
d'Hermine. La lueur incertaine d'une petite lampe
éclairait vaguement les traits amaigris, les formes
frêles du Bengali. Comme la Ginevra, Jean se laissa
d'abord tromper par les rayons que le bonheur mit
dans les yeux d'Hermine, par les ardentes couleurs

9

dont l'émotion couvrit ses joues. Au milieu des premières effusions de tendresse, il la plaisanta presque sur ses pensées funèbres. Hermine riait aussi de ce qu'elle appelait de folles terreurs; elle oubliait la fièvre, sa faiblesse, la toux qui brisait sa poitrine quelques instants auparavant.

— Je bénis la maladie, je bénis surtout ma lâcheté, puisque sans elle je ne t'aurais peut-être pas revu de longtemps, répétait-elle à Jean.

Puis elle le questionnait sur ses voyages, sur ses nouvelles amitiés, sur les ennuis de sa situation présente. Elle s'inquiétait de la pâleur, de l'expression pleine d'abattement et de tristesse que l'amour combattu, la révolte impuissante, la continuelle torture d'une vocation contrariée avaient déjà fixées sur le front de son cousin. Cependant la grâce, la bonté du sourire, l'abandon sympathique avaient survécu chez Jean à la fougue aveugle de la première jeunesse. L'accent de sa voix révélait une tendresse plus profonde, plus protectrice. Hermine ne se lassait pas de le contempler, de l'entendre.

Les instants étaient comptés. A neuf heures,

toute personne étrangère devait avoir quitté le couvent. Hermine et Jean se promirent de passer toute
la journée du lendemain à la campagne. En prin-
cipe, les dames pensionnaires étaient libres d'aller
et de venir dans le bourg du Faouët et dans les
environs; mais bien peu d'entre elles usaient de
cette permission, et si Hermine, la plus jeune, la
seule belle de toutes, eût franchi la grille du couvent, elle se fût certainement exposée aux reproches
de la supérieure. Aujourd'hui son état de santé
justifiait toutes les infractions à la coutume. Personne ne s'étonna de la voir sortir avec Jean.

— C'est une fantaisie de malade. Elle ne pourra
pas aller loin. Veillez à ce qu'elle ne se fatigue pas,
dit tout bas une religieuse au jeune homme pendant
qu'il traversait un étroit corridor à la suite d'Hermine.

Cette recommandation banale déchira le cœur de
Jean. Quoiqu'il prît encore pour de la force, pour l'activité de la vie, ce qui n'était chez la jeune fille
qu'une surexcitation fébrile, il était consterné
depuis qu'il avait vu Hermine au grand jour. Ne

comprenant pas que deux années d'emprisonnement eussent pu amaigrir à ce point les traits du Bengali, blêmir ses lèvres, plomber ses yeux, altérer le son de sa voix, courber sa taille, il examinait furtivement la pauvre enfant avec désespoir.

— Allons loin, bien loin de ce tombeau! gravissons la montagne! disait Hermine en serrant convulsivement le bras de Jean.

Le Faouët est dominé par de hautes collines qui descendent presque à pic jusqu'au ravin traversé par l'Ellé. Au revers de l'une de ces collines, de celle qui touche le Faouët, est pour ainsi dire collée une charmante chapelle gothique. Bâtie sur une étroite corniche formant balcon à mi-côte, la chapelle semble suspendue au-dessus de l'abîme. La colline opposée est aride, désolée, semée d'innombrables pierres grises. Ni pâtres, ni troupeaux, pour animer cet austère paysage ; la bruyère seule prend vie sur ce sol caillouteux. Du pied de la chapelle, tout au plus aperçoit-on parfois tout en bas, au bord de la rivière, quelque pêcheur immobile derrière sa ligne ou ses filets.

C'était dans cette solitude qu'Hermine voulait conduire Jean; mais, pour y atteindre, il fallait suivre pendant plus d'une heure les détours d'un sentier escarpé, et la pauvre malade chancelait dès les premiers pas.

— Arrêtons-nous, disait Jean, effrayé par la respiration sifflante d'Hermine.

— Non, non, répondait la jeune fille, je suis forte, très-forte aujourd'hui.

Au bout de dix minutes, Hermine tomba épuisée sous les sapins qui bordaient la route.

— Vois, dit-elle à Jean avec tristesse aussitôt qu'elle put parler, en lui montrant les nuages qui semblaient toucher la cime des arbres ; vois, c'est ce ciel qui me tue. Tout est froid, tout est sombre dans ce pays ; si j'y reste plus longtemps, je mourrai.

Jean avait peine à retenir ses larmes.

— Tu me trouves bien changée, n'est-ce pas? murmura le Bengali en examinant avec anxiété le visage bouleversé de Jean ; tu penses aussi, toi, que je vais bientôt mourir... Non, reprit la jeune fille avec exaltation en serrant les mains de Jean dans ses

mains brûlantes, non, sois tranquille, je ne mourrai
pas. Pour vivre, il me faut, toi, du soleil, de
l'espace; j'aurai tout cela, car nous allons partir
ensemble.

Mon père ne pourra pas m'en vouloir : il ne m'o-
bligerait pas à rester ici s'il savait ce que je souffre...
On n'a jamais vu de père tuer son enfant, n'est-ce
pas? Figure-toi, continua-t-elle en fixant sur les yeux
de Jean ses yeux démesurément agrandis, figure-
toi que la nuit, quand je rêve à demi-éveillée, il
m'arrive souvent de ne plus comprendre pourquoi
ma famille me repousse, pourquoi mon père ne
m'écrit pas, pourquoi je suis si malheureuse... Je
t'ai aimé, tous t'aimaient autour de moi... Je voulais voyager, voir et connaître tout ce qu'il y a de
grand, de beau en ce monde. Je voulais commu-
niquer par le chant mon âme aux autres âmes et
m'enivrer d'enthousiasme... Était-ce donc là un
crime?... Le rossignol qui chante dans le buisson
voisin, l'entends-tu (et elle s'interrompit un instant
pour écouter)?... est-il plus criminel que le passe-
reau muet qui sautille là-bas sur la route ? l'hiron-

delle qui nous quitte à l'automne pour revenir au printemps vaut-elle moins que le rouge-gorge qui peut vivre sur les arbres glacés ?...

Elle s'arrêta un instant suffoquée.

— Cet air m'étouffe ! reprit-elle avec effort. Je veux partir tout de suite, aujourd'hui !...

— Oui, nous partirons, calme-toi, dit Jean d'une voix entrecoupée par la douleur.

— Tu ne dis pas cela sérieusement ; tu penses que je ne sortirai jamais d'ici... Je veux vivre, je vivrai ! s'écria-t-elle. N'as-tu pas dit toi-même, qu'un jour viendrait où le Bengali chanterait libre sous un ciel toujours pur?... Je veux le voir, ce ciel, je veux chanter. J'ai de la voix encore !

Et elle voulut dire une phrase de Mozart. Les notes ne sortirent pas de sa poitrine brisée.

— Tais-toi, je t'en conjure, tais-toi, répétait Jean en lui serrant la main.

Hermine était tout à fait hors d'elle-même. Elle fit un suprême effort, puis retomba dans les bras du jeune homme en murmurant d'une voix navrante :

— Je ne peux pas.

Ses forces l'abandonnèrent, sa respiration s'embarrassa; Jean, fou de désespoir, la tint entre ses bras pendant plus d'un quart d'heure sans parvenir à la ranimer. Hermine rouvrit enfin les yeux et promena autour d'elle des regards qui ne voyaient pas. Jean songea alors qu'il fallait à tout prix la ramener au couvent. Il l'étendit à l'ombre d'un sapin et descendit jusqu'à la grande route qui tournait le pied de la montagne. C'était jour de marché dans un village des environs. Jean arrêta d'autorité la charrette qu'un meunier ramenait chargée de sacs vides. Quelques pièces d'argent montrées à ce meunier, le déterminèrent à suivre le jeune homme jusqu'à l'endroit où gisait Hermine.

Une demi-heure plus tard, la fille du lieutenant était couchée dans sa chambre, au couvent. Le médecin, aussitôt appelé, déclara à la supérieure qu'il lui semblait urgent de prévenir les parents de la jeune pensionnaire. Jean refusa d'écrire la lettre. Il s'installa dans la chambre d'Hermine, et ne quitta le couvent qu'à une heure très-avancée de la soirée, sur les injonctions réitérées des re-

ligieuses. L'espérance remplissait d'ailleurs en ce
moment l'âme du jeune homme. Hermine avait re-
pris son calme, presque sa gaieté ; elle faisait tout
haut des projets pour le lendemain, et bien bas
elle répétait en souriant à son ami :

— Je vais mieux, nous partirons bientôt.

Il était dix heures environ, quand Jean dit adieu
au Bengali. A minuit, croyant la malade assoupie,
la sœur converse qui veillait Hermine se laissa
aller au sommeil. La pauvre fille racontait le lendemain matin que, vers deux heures de la nuit,
elle avait vu passer devant ses yeux comme une
lueur blanche et entendu comme une musique céleste. Effrayée, elle s'était approchée du lit d'Hermine : Hermine n'existait plus...

Dès l'aube, le fils de l'Italienne vint frapper à la
porte du couvent. On le fit entrer dans le parloir,
où la supérieure se préparait à lui tenir de longs
discours, sur la vanité des choses humaines. Sans
même la laisser achever sa première phrase, Jean
se précipita vers la chambre d'Hermine, dont les
religieuses lui défendirent l'entrée à grand'peine.

Pour le calmer, on lui promit qu'il pourrait revoir *sa sœur* dans l'après-midi. Il consentit seulement alors à se retirer ; mais dès qu'il se trouva dans la campagne, sa tête se troubla, et jamais il ne s'est rappelé comment il avait passé cette journée. Le lendemain, au moment même où il s'avançait machinalement vers le couvent, le convoi d'Hermine en sortait. En tête marchaient le lieutenant et Firmin Tranchevent. Le père d'Hermine ne sembla point s'apercevoir de la présence de Jean ; mais Firmin Tranchevent s'avança vers son fils avec de grandes démonstrations de surprise. Jean garda un morne silence. Les cérémonies usitées accomplies, les assistants se retirèrent successivement, et il ne resta bientôt plus dans le cimetière que Jean, son père et son oncle. Firmin Tranchevent, qui n'aimait pas les émotions inutiles, crut devoir arracher le lieutenant et son fils à ce lieu funèbre. Il les prit tous les deux par le bras et les entraîna loin de la tombe d'Hermine. Le père et l'amant du Bengali étaient tellement accablés, qu'il ne firent aucune résistance.

— Sois tranquille, dit Firmin à son fils, je ne te laisserai pas repartir pour l'Afrique.

Cette parole réveilla Jean. Transporté de fureur, il saisit d'une main son père, de l'autre le lieutenant, et les ramena sur la tombe d'Hermine.

— A genoux! s'écria-t-il avec délire, à genoux tous les deux devant celle que vous avez tuée!

Puis il sortit en courant du cimetière...

Depuis ce jour, on n'entendit plus parler de Jean. Son père lui écrivit plusieurs lettres qui restèrent sans réponse. Firmin Tranchevent s'étant adressé enfin au ministère de la guerre, on lui apprit que le jeune homme dont il s'informait avait péri dans une escarmouche en Afrique. Cette nouvelle causa une véritable douleur au châtelain de Keraven, car le fils de Louise étant mort d'une fièvre typhoïde deux mois après l'enterrement d'Hermine, l'ancien préfet se trouvait sans héritier.

MADAME DE LIRVANS

I

Le 2 janvier de l'année 185..., *cette pauvre madame de Lirvans,* comme disaient ses connaissances avec une intonation qui faisait soupçonner les plus terribles mystères, — *cette pauvre madame de Lirvans* traitait ses amis intimes.

C'était une femme de trente ans environ, raide, osseuse, sans beauté, sans fraîcheur. Une voix criarde, des gestes brusques révélaient combien peu elle tenait à plaire. Ses cheveux bruns, déjà très-rares, étaient relevés au hasard; sa robe, d'une nuance terne et fausse, l'enveloppait sans accuser aucune forme. A sa droite, se trouvait son confesseur, l'abbé Choineau. L'excellent homme dégustait les vins avec un enthousiasme ingénu, et réjouissait les convives par sa gaieté. Pur, rigide même dans ses mœurs, l'abbé Choineau ne s'en permettait pas moins d'étranges libertés de parole. Ses plaisanteries, innocentes au fond, auraient souvent effarouché les gens du monde par la grossièreté de leur forme. Cette grossièreté se remarque chez beaucoup de dévots naïfs. N'est-ce chez eux qu'une protestation des instincts matériels de notre nature ? Les licences de langage des dévots nous semblent avoir encore une autre explication.

Ceux qui voient la perfection idéale dans le développement complet des facultés humaines, ceux-là aiment l'homme tout entier; le corps, qu'ils ne séparent pas dédaigneusement de l'âme, leur apparaît radieux, poétique, et ils éloignent avec soin de leur pensée toute image qui le rabaisse. Les contempteurs systématiques de la matière trouvent au contraire une secrète jouissance à flétrir cet instrument

toujours trop séduisant des voluptés terrestres, tout
au moins, ils n'éprouvent aucune répugnance à le
ridiculiser. La bonne humeur de l'abbé Choineau
persistait quand, devant lui, la conversation pre-
nait par hasard un tour hostile à la religion. Pénétré de reconnaissance pour les hommes qui s'étaient
donné la peine de fixer les points ardus du dogme
et de la casuistique, il n'imaginait pas qu'on put
volontairement se torturer l'esprit par la recherche
d'une solution nouvelle. Les attaques des adversaires du catholicisme, n'ayant aucune importance
à ses yeux, il riait le premier des facéties voltai-
riennes que se permettait parfois un monsieur
chauve, assis en ce moment à la gauche de madame de Lirvans. Ce monsieur chauve était avoué
de son métier ; galant par caractère auprès des
dames et fort sceptique après la messe, qu'il écou-
tait religieusement tous les dimanches. Maître Guil-
lermaïs partageait équitablement ses madrigaux
entre madame de Lirvans et une autre voisine,
femme de cinquante ans, encore alerte et vive,
malgré un embonpoint considérable. Le gracieux

avoué ne manquait jamais de comparer madame
de Lirvans à la déesse Hébé, chaque fois qu'elle lui
versait à boire, et la dame grasse, dès qu'elle dai-
gnait ouvrir la bouche, à Sainte-Thérèse ou à madame de Sévigné. Née laide et sans fortune, Sainte-
Thérèse avait beaucoup souffert dans sa jeunesse.
Son esprit actif restait sans aliment, car le monde
n'avait que faire d'une campagnarde aux traits grossiers. La pauvre fille connaissait depuis longtemps
les accablements de l'ennui et l'amertume des révoltes impuissantes, quand un vicaire intelligent
devint son confesseur. Ce vicaire eut bientôt reconnu
chez sa pénitente des facultés supérieures. Un dis-
sentiment ayant éclaté entre deux communautés
de femmes à propos d'un legs considérable, mademoiselle Pascaline fut chargée d'une mission con-
ciliatrice, toute de confiance, dont elle s'acquitta
assez adroidement pour attirer sur elle l'attention
de son évêque. Deux ans plus tard, devenue un
personnage, elle épousait M. Lecamus, propriétaire
et marguillier. Cet époux modèle mourut bientôt,
laissant à sa veuve quatre mille francs de

rente et un fils. Pascaline vint alors s'établir à Moulins. De nombreuses lettres de recommandation l'y précédèrent ; mais un voyage à Rome contribua plus que tout, à établir son influence sur d'inébranlables bases. Madame Lecamus avait parlé au pape ; un prélat romain lui écrivait ; pas une ordination, pas une prise de voile, pas un mariage entre gens *bien pensants*, n'avaient lieu dans le diocèse sans son entremise. Elle conseillait, catéchisait, sermonait, convertissait. On se passait ses épîtres de main en main, ni plus ni moins que les mandements de monseigneur.

Auprès de cette dame importante se trouvait son fils, garçon de dix-neuf ans à la physionomie sournoise et brutale. Symphorien Lecamus avait été, bien entendu, destiné par sa mère au cardinalat ; mais des instincts peu cléricaux s'étant révélés chez le jeune séminariste, madame Lecamus dut borner son ambition maternelle aux rêves de mariage. Ses yeux prévoyants se fixaient depuis longtemps déjà sur mademoiselle de Lirvans, jolie enfant de onze ans, placée entre Symphorien et une vieille demoi-

selle, assez grotesque d'aspect. Après avoir gagné une
fortune considérable dans le commerce des toiles,
mademoiselle Niquel s'était acquis une haute considération à Moulins par sa générosité envers la
fabrique de sa paroisse. Les portes les plus aristo-
cratiques s'ouvraient aujourd'hui toutes grandes
devant l'ex-marchande, bien qu'elle mit un entêtement original à ne modifier en rien son costume campagnard. Madame de Lirvans, madame
Lecamus, mademoiselle Niquel, ces trois femmes
que le monde aurait impitoyablement condamnées
à la solitude, à l'ennui, aux dédains, trouvaient
dans leur milieu dévot un entourage sympathique,
des occupations, des succès d'ambition et de vanité.
Seuls, dans notre société, les prêtres savent faire
concourir à leurs desseins, tous les sexes, tous les
âges ; seuls ils ont le secret d'utiliser toutes les
passions. Bien mieux que les instincts mystiques
des âmes féminines, cette habileté explique l'influence persistante du clergé sur les femmes.

On était au dessert. Les convives de madame de
Lirvans célébraient à l'envi les talents de sa cuisi-

nière, quand une femme de chambre remit une lettre à sa maîtresse. Madame de Lirvans examina l'adresse de cette missive avec un étonnement qui n'échappa point à ses convives ; puis sans dire un mot, elle glissa la lettre dans sa poche.

Une heure plus tard seulement, tandis que l'abbé Choineau, maître Guillermais, madame Lecamus et mademoiselle Niquel, savouraient dans le salon, au coin d'un bon feu, d'excellent café, madame de Lirvans passa dans sa chambre à coucher. Elle en sortit bientôt tenant à la main, toute ouverte, la lettre mystérieuse, et prit à part l'abbé Choineau.

Les trois autres convives échangaient des regards stupéfaits et curieux. Madame Lecamus, qui se croyait un droit incontestable d'intervention dans toutes les affaires difficiles, ne tarda pas à se rapprocher de madame de Lirvans.

— Encore un nouveau chagrin, ma pauvre enfant ; cette lettre est sans doute de votre mari, lui dit-elle de son plus insidieux accent.

Madame de Lirvans fit un signe de tête affirmatif.

— Dieu éprouve ceux qu'il aime, dit à haute voix l'abbé Choineau.

Mademoiselle Niquel et maître Guillermais se crurent dès lors pleinement autorisés à se mêler au groupe des initiés.

La lettre écrite par un homme au désespoir, avec le sang de son cœur, fut lue, relue, commentée par ces braves gens, encore sous la béate influence d'un bon dîner.

— Il reconnaît enfin ses torts, disait sévèrement madame Lecamus.

— N'est pas qui veut le favori des muses, reprenait maître Guillermais, avec un malicieux sourire.

— Il vous reviendra plus aimable, chère madame, *quand il aura mangé de la vache enragée,* ajoutait pittoresquement mademoiselle Niquel.

— A tout péché miséricorde, répétait le bon abbé Choineau.

— Que répondre ? dit enfin madame de Lirvans, évidemment plus ennuyée qu'émue.

— Rien, répliqua d'un ton qui tranchait la question, la sage madame Lecamus. Dieu ramène votre mari à lui par la souffrance, laissez-le souffrir encore. La dernière phrase de sa lettre prouve assez clairement, d'ailleurs, que le vieil homme n'est pas mort en lui.

Cet avis fut chaleureusement appuyé par les autres amis d'Anaïs. Voici la lettre écrite par M. de Lirvans à sa femme :

« Je te reviens désolé, tout me manque ; toute espérance de succès m'abandonne ; m'abandonneras-tu, toi aussi ? Tu m'en as bien voulu n'est-ce pas, de vous avoir quittés ? Ton âme paisible et douce ne pouvait pas comprendre les révoltes et les ambitions de la mienne. Je voulais les émotions de la pensée, les luttes ardentes, les enivrements du triomphe : j'ai brisé ton cœur pour accomplir ce rêve. Malheureux fou !... la solitude, la misère, le dédain, voilà ce que je devais rencontrer ici.

» Ne me refuse pas un mot de pardon et de tendresse : j'en ai besoin pour trouver la force de vivre. Le succès même me serait indifférent aujourd'hui, si tu ne partageais pas ma joie, toi mon Anaïs, que je n'ai jamais cessé d'aimer. Louise doit être bien grande maintenant; elle m'a sans doute oublié. Deux années de séparation, ce sont des siècles à son âge. Parle-lui quelquefois de son père.

» Je me sens déjà presque heureux pour m'être rapproché de ton cœur; merci!... »

II

Édouard de Lirvans s'était marié à vingt ans commé on se marie souvent à tous les âges, sans trop savoir pourquoi. Sa mère malade à cette époque, désirait l'établir avant de mourir; une vieille parente recommanda la nièce d'un de ses cousins, et l'on se plut à supposer que de nombreuses vertus devaient compenser chez la fiancée le manque absolu de beauté et de fortune.

Édouard avait une âme affectueuse, une imagi-

nation enthousiaste, un esprit cultivé ; il donna
tout son cœur, toutes ses pensées à sa femme, sans
s'apercevoir qu'elle ne lui rendait rien. La naissance d'une fille prolongea cette illusion. Un jour
arriva cependant, où il se sentit seul. Il ne s'en prit
qu'à lui de sa souffrance, et s'accusa de n'avoir pas
su faire partager ses goûts et ses idées à l'épouse
qu'il avait librement acceptée, sinon choisie.

— Il m'eût été facile, se disait-il, d'éclairer
cette intelligence naïve, d'éveiller dans cette âme
d'enfant les ardentes sympathies pour la nature, la
poésie, l'art, qui réchauffent et élèvent la vie
intime : rien n'est perdu, d'ailleurs, Anaïs m'aime,
avec un peu de volonté et de persévérance, je puis
être heureux encore.

Quoiqu'il lui en coûtât, Édouard dut bientôt s'a-
vouer à lui-même que l'imagination, l'esprit, la
curiosité intellectuelle faisaient absolument défaut
chez madame de Lirvans. Ses déceptions ne devaient pas s'arrêter là. Élevée au couvent, dans la
pratique d'une dévotion mesquine et oppressive,
Anaïs s'était accoutumée à considérer ses infir-

mités morales comme des perfections. Les tentatives de son mari pour l'initier à une existence
plus large, plus variée, excitèrent chez elle de
violentes révoltes. Édouard reconnut avec effroi
que, sous une douceur et une modestie d'emprunt,
madame de Lirvans cachait une vanité intraitable,
un féroce entêtement.

A vingt-cinq ans, il lui fallut donc renoncer pour
toujours aux rêves d'affection et d'intimité conjugales. Sa mère lui avait laissé en mourant dix mille
francs de rente. A Moulins, cette petite fortune permettait les plaisirs d'une existence mondaine. Ne
sachant à quoi se prendre, Édouard voulut essayer
de ces plaisirs. Mais dans cette voie encore, il devait rencontrer la contradiction et la lutte. S'agis-
sait-il de suivre son mari au bal ou au théâtre,
Anaïs refusait en alléguant des scrupules reli-
gieux. Édouard y allait-il seul, elle l'en punissait
par d'interminables bouderies. Madame de Lirvans
ne voulait pas davantage entendre parler des amu-
sements permis, tels que les soirées de jeu, les dîners, les concerts. Sa santé y succomberait, affir-

mait-elle. La haine d'Anaïs pour le monde avait
au fond de plus sérieux motifs. Bien qu'elle affichât
hautement un grand mépris pour les charmes
extérieurs, bien que l'élégance et la grâce semblas-
sent systématiquement bannies de sa toilette et de
ses manières, l'insignifiance du rôle qu'elle jouait
dans les salons exaspérait son amour-propre. Tout
hommage adressé aux femmes belles ou spirituelles
était, à ses yeux, un outrage sanglant, un vol fait à
la vertu dont elle identifiait complétement la cause
avec la sienne.

M. de Lirvans exprima le désir de voyager :
Anaïs jeta les hauts cris. Ainsi froissé dans ses aspirations, contrarié dans ses goûts, M. de Lirvans
arriva par degré à un état de souffrance exaltée qui
devait avoir sur son avenir des conséquences funestes. Pour tromper sa soif de bonheur, il se nourrit
de rêves de gloire. Les protestations des poëtes
contre les entraves sociales, leurs plaintes élo-
quentes, éveillèrent en lui de si énergiques échos
qu'il se crut poëte aussi. En six mois, il écrivit une
tragédie qu'il fit remettre par un camarade de col-

lége à l'un des auteurs dramatiques les plus
applaudis de notre époque. L'auteur dramatique
jeta à peine les yeux sur cette œuvre provinciale ;
mais il n'en fit pas moins transmettre à l'auteur
ces banales félicitations dont les écrivains célèbres
sont si prodigues envers les écrivains amateurs.

Se croyant appelé à jouer un rôle dans le monde
littéraire, Édouard proposa à sa femme de quitter
immédiatement Moulins pour aller se fixer à Paris.
De tels projets firent éclater la plus furieuse tempête domestique. Habiter Paris, c'était déjà risquer
son salut ; mais travailler pour le théâtre ! vivre en
état permanent de péché mortel ; quelle humiliation !… quelle infamie !… Le joug conjugal devenait
par trop lourd ; Édouard annonça à sa femme qu'il
partirait seul. Anaïs commença par s'évanouir ;
puis comprenant l'insuffisance de son influence personnelle, elle invoqua les intérêts de son enfant. —
Les hontes, les tristesses d'une famille désunie, la
misère, voilà donc l'avenir réservé à Louise. On
considérait aujourd'hui cette enfant, comme une
héritière future ; dans quelques jours, si son père

exécutait ses funestes projets, elle n'inspirerait plus
que la pitié. Dix mille francs de revenu donnaient
à peine à Moulins la considération et le bien-être.
Où descendrait-on, quand il faudrait entretenir deux
ménages dont l'un à Paris?.. Pauvre petite Louise!..

M. de Lirvans avait une conscience trop délicate
pour ne pas hésiter devant l'expression de ces terreurs maternelles; mais, voyant désormais une
question d'argent dans son esclavage, il songea
pour la première fois de sa vie à s'enrichir.

Aujourd'hui la grande industrie et la spéculation sont représentées partout. Par l'intermédiaire
d'un banquier quelque peu parent de sa femme,
Édouard se lança dans ce qu'on appelle les affaires.
Après un an d'aventures financières, il se croyait
au moment de doubler sa fortune, quand un événement tout à fait inattendu vint rendre plus intolérables encore les stériles agitations de son intérieur.

La maison habitée par la famille de Lirvans con-
finait à l'un des faubourgs de Moulins. Un magnifique jardin l'entourait. Ce jardin était séparé, par
un mur de clôture assez bas, d'un modeste cottage

tapissé de plantes grimpantes et à demi-caché sous des massifs de verdure et de fleurs.

Un vieux magistrat soigna longtemps avec amour les clématites et les rosiers qui, jusqu'au faîte du toit, garnissaient sa maisonnette. Après sa mort, la petite propriété resta inhabitée pendant deux années entières ; la mousse veloutait la margelle du puits, les mauvaises herbes avaient complétement envahies les plates-bandes, la ronce entrelaçait ses pousses brunes et vigoureuses aux pampres amaigris de la vigne et du chèvrefeuille, et les gens sensés de Moulins s'étonnaient que les héritiers du magistrat laissassent ainsi péricliter un immeuble de quelque valeur.

En ouvrant les fenêtres de son cabinet, vers la fin d'une belle journée d'automne, Édouard fut très-surpris d'apercevoir, sous les grands châtaigniers, devant le cottage, un charmant petit garçon de quatre ans. L'enfant se roulait sur les feuilles sèches en poussant des cris de joie. Un jeune homme et une jeune femme, le père et la mère sans doute, apparurent bientôt dans le jardin. Le

jeune homme était élégant et beau, quoique sa
pâleur extrême et la lenteur de ses mouvements,
annonçassent un état habituel de souffrance. Quant
à la jeune femme, mince, gracieuse, aérienne sous
son léger peignoir de mousseline rose, elle semblait
au contraire pleine d'ardeur et de vie. Le teint
animé, les lèvres souriantes, les cheveux soulevés
par le vent du soir, elle allait et venait dans l'étroit
jardin, s'arrêtant devant chaque brin d'herbe, étu-
diant avec attention chaque recoin, comme l'oiseau
examine la branche à laquelle il va fixer son nid.
Le jeune homme qui s'était à demi couché sur un
banc rustique, la suivait d'un regard plein d'amour.
Elle vint bientôt s'asseoir auprès de lui.

Quelques teintes noires sur la terre, l'azur assom-
bri du ciel, annonçaient l'approche de la nuit. Le
soleil, plus éblouissant au moment de disparaître,
faisait flamboyer les vitres du cottage, empourprait
la cime des arbres, dorait les vieux murs, se jouait
sur les feuilles sombres et lisses du lierre, et mettait
une auréole sur le front pâle de l'amant, sur la tête
brune et charmante de la jeune épouse. Les mains

10.

unies, les regards à chaque instant confondus, la bouche muette, tous les deux s'enivraient de cette dernière fête de la lumière.

Édouard était toujours à sa fenêtre.

— Pas une minute de ce bonheur dans toutes les heures mortes de ma vie, murmura-t-il avec un regret amer.

— Elles étaient bien complétement mortes en effet les heures de ses vingt-sept années, car pas une d'elles ne lui avait laissé un souvenir de tendresse partagée. L'époux d'Anaïs ferma brusquement sa croisée pour se laisser retomber dans un fauteuil.

Vers deux heures du matin, pendant la nuit qui suivit cette soirée, des coups de marteau répétés ébranlèrent la porte de la maison Lirvans.

Une femme égarée, folle, courait au hasard dans la rue, en criant d'une voix à peine intelligible :

— Au secours ! au secours ! il va mourir !...

Édouard ne douta pas un seul instant que cette femme au désespoir ne fût l'inconnue du cottage voisin...

Tremblant d'émotion, il entra dans la chambre d'Anaïs, que les coups de marteau et les cris avaient aussi réveillée, et lui raconta en deux mots, tout en se préparant à sortir, ses observations de la veille.

— Et vous voulez aller chez ces étrangers? dit sèchement madame de Lirvans.

Édouard prit son chapeau sans répondre.

— C'est bien de vous, cela! — Sait-on seulement si ces gens sont mariés? — ajouta Anaïs.

Et, voyant son mari quitter la chambre, elle se retourna vers la ruelle de son lit en signe de protestation.

Édouard trouva la porte du cottage grande ouverte et pénétra dans une pièce du rez-de-chaussée, où la jeune femme se tenait accroupie par terre, auprès du matelas sur lequel gisait son mari. Une vieille domestique, au lieu de secourir sa maîtresse, cachait sa tête dans son tablier, en poussant d'affreux gémissements, auxquels répondaient les cris aigus du petit garçon.

Le premier regard jeté par Édouard sur la belle tête du jeune homme le convainquit que tout était fini. Un médecin qu'il alla chercher en toute hâte, constatait le décès quelques instants plus tard. L'inconnu succombait à la rupture d'un anévrisme.

Édouard passa la nuit entière au cottage, il dut encore s'occuper le lendemain de toutes les formalités civiles et religieuses de l'enterrement, car les jeunes époux ne connaissaient personne à Moulins.

La vieille domestique se chargea de raconter à monsieur de Lirvans l'histoire de ses maîtres, si l'on peut donner le nom d'histoire aux simples faits qui suivent.

Orpheline dès son bas âge, Hélène avait épousé, à dix-neuf ans, un jeune avocat nommé Adrien Norlac, neveu du propriétaire du cottage. Madame Norlac devint bientôt mère. Elle nourrissait encore son fils, quand la santé d'Adrien obligea le jeune ménage à quitter Paris pour l'Italie. Dix-huit mois de séjour à Nice n'ayant en rien amélioré l'état du malade, Adrien eut le désir de venir habiter la petite propriété que lui avait léguée son oncle de Moulins. Huit jours seulement après son arrivée dans le département de l'Allier, Hélène se trouvait veuve.

N'ayant ni proches parents, ni fortune, la jeune femme résolut de rester là où le malheur l'avait frappée, de passer sa vie dans cette ville de province auprès de la tombe de son mari.

Édouard engagea vivement Anaïs à aller voir madame Norlac.

— Je n'ai pas l'habitude de me lier avec les premiers venus, répondit madame de Lirvans.

Le mois de novembre arriva. Plus de feuilles aux arbres, plus de chants d'oiseaux, plus de gais rayons de soleil. La vigne réduite à de maigres sarments, laissait à nu les murs déchiquetés du jardin, et le vent fouettait les vitres du cottage avec la chevelure brunie des clématites. Dans une chambre qu'elle n'avait même pas songé à meubler, Hélène passait de douloureuses journées et des soirées plus tristes encore. Chaque matin, M. de Lirvans venait s'informer de la santé de madame Norlac. C'était la seule distraction de la jeune veuve. Ces attentions déplurent à Anaïs.

— Il est complétement ridicule qu'on vous voie

entrer tous les jours chez une femme que personne ne connait, à Moulins, dit-elle un matin à son mari.

— Ne vous ai-je pas supplié de faire une visite à madame Norlac, répondit Édouard.

—Cela vous eut été plus commode, j'en conviens, répliqua ironiquement Anaïs, et elle quitta l'appartement.

La jalousie sans amour n'est qu'une tyrannie odieuse ; Édouard aurait cru commettre une lâcheté, en changeant de manière d'agir envers Hélène. Il continua donc ses visites du matin ; mais Anaïs, habituée jusqu'alors à imposer ses caprices à son mari, ne devait pas non plus cesser ses persécutions. Édouard fut désormais accueilli au logis par de secs monosyllabes, de dédaigneux mouvements d'épaule, des airs de victime plus intolérables que les cris et les pleurs. Les pleurs et les cris, quelque fatigants qu'ils puissent être, révèlent, après tout, chez une femme jalouse, de violentes émotions qui l'excusent.

M. de Lirvans serait certainement devenu amou-

reux, si la profonde douleur de la jeune veuve n'a-
vait pas éloigné de lui jusqu'à la pensée qu'Hélène
pût jamais éprouver un nouvel amour.

L'hiver s'écoula ainsi.

Au commencement du printemps, le fils d'Hélène tomba malade. La pauvre mère perdait la tête
d'angoisse. L'état de l'enfant devenant à chaque
instant plus grave ; Monsieur de Lirvans annonça
un soir à sa femme qu'il passerait la nuit à veiller
le petit Jean.

— C'est par trop fort cela ! s'écria Anaïs.

— Je vous serais on ne peut plus reconnaissant,
ma chère amie, si vous vouliez m'accompagner
chez madame Norlac, répliqua Édouard avec calme.

— Je vous défends d'aller chez cette femme, dit
Anaïs d'un ton impérieux, en se plaçant entre la
porte et son mari.

Édouard écarta résolûment sa femme et sortit.

Pendant deux journées entières, il ne rentra chez
lui qu'un instant le matin, pour embrasser sa fille.
Le petit Jean mourut le troisième jour.

Cet événement transforma en amitié profonde

les relations affectueuses qui s'étaient établies tout
d'abord entre Hélène et Édouard. M. de Lirvans
passait maintenant la plus grande partie de ses
heures au cottage. Anaïs se montra de plus en plus
furieuse. Il semblait facile de faire cesser une irritation basée sur une erreur. Édouard tenta plusieurs fois de calmer par une explication franche
les inquiétudes jalouses de sa femme. Les acerbes
épigrammes d'Anaïs l'arrêtèrent au premier mot.

On commençait à répéter, dans Moulins, que
madame de Lirvans était la plus infortunée des
épouses.

Une nouvelle aussi terrible qu'inattendue vint
subitement mettre fin à cette intolérable situation :
L'homme d'affaires de M. de Lirvans, embarrassé
par des spéculations équivoques, s'embarqua pour
l'Amérique sans s'inquiéter des dupes qui lui avaient
confié leur argent. Tout compte fait, il restait quatre mille francs de rente à Édouard. Anaïs dévoila
en cette occasion toute sa nature. Elle abusa du
malheur de son mari pour l'accabler de récrimi-
nations et d'allusions ironiques.

Il fallait demander des ressources au travail; plus que jamais Édouard songea à la littérature. Les remontrances de sa femme, qui persistait à voir dans les comédiens et dans les auteurs, leurs complices, des misérables prédestinés aux flammes de l'enfer, ne réussirent pas cette fois à le retenir en province.

Ne voulant cependant nuire en rien au bien-être de madame de Lirvans, il n'emporta avec lui, à Paris, que des bijoux et des armes de prix.

Les quatre mille francs de rente sauvés du désastre financier et une maison bien montée assuraient à Anaïs une confortable existence.

On n'en critiqua pas moins amèrement la conduite d'Édouard dans tous les salons de Moulins. Les provinciaux sont impitoyables envers ceux d'entre eux qui semblent dédaigner leur bonheur monotone.

— « M. de Lirvans était, répétait-on, un égoïste, un lâche. Après avoir ruiné sa femme, une femme exemplaire, une sainte, il l'abandonnait pour aller mener joyeuse vie à Paris. »

11

III

La veille de ce même jour où madame de Lirvans dînait entre l'abbé Chaineau et maître Guillermais, les scènes qui suivent se passaient dans la mansarde habitée par Édouard.

L'unique fenêtre de cette mansarde s'ouvrait au cinquième étage, sur la rue Dauphine. Vers midi, Édouard s'accouda sur l'appui extérieur de la croisée et promena lentement ses regards autour de lui. Le soleil venait de se lever; de brillants rayons trouaient et frangeaient, çà et là, l'éblouissante nappe de neige dont les toits s'étaient couverts pendant la nuit. L'eau ruisselait sur les ardoises et tombait à larges gouttes dans la rue étroite et boueuse qu'on apercevait à grand'peine en se penchant au-dessus de la gouttière.

En l'honneur du 1er janvier, la foule encombrait les rues. Un bourdonnement de voix joyeuses,

des éclats de rire, des cris d'enfants montaient jusqu'à la mansarde. Les passants se saluaient du
regard ou de la main, tous couraient quelque part;
tous étaient attendus. La solitude devint bientôt
intolérable pour Édouard; il voulut se mêler aux
hommes, s'agiter comme eux, lui qui ne devait
rencontrer ni sourire, ni main amie, lui que personne n'attendait; lui qui ne savait où aller.

M. de Lirvans quitta sa fenêtre, ouvrit une armoire
et en tira un paletot rapiécé qu'il revêtit après avoir
noirci à l'encre de Chine les coutures des manches.
Au moment de sortir, il s'aperçut qu'il n'avait aux
pieds que de misérables pantoufles. Une fouille
minutieuse faite sous le lit, amena la découverte de
cinq ou six vieilles bottes. La semelle manquait à
l'une, l'empeigne à l'autre; toutes étaient hors de
service. M. de Lirvans les rejeta loin de lui avec un
geste de désespoir, puis il se laissa tomber sur l'une
des deux chaises de paille, qui composaient, avec
une table boiteuse et une couchette en bois blanc,
l'ameublement de la mansarde.

Pendant près d'une heure, Édouard demeura

immobile, les coudes appuyés sur la table, le front
caché entre ses mains. Un vent glacial dispersait
autour de lui les cendres d'un foyer sans feu. Quand
M. de Lirvans sortit enfin de cette douloureuse torpeur, ses traits étaient décomposés, son visage
bleuâtre ; ses articulations raidies lui permirent à
grand'peine de rassembler quelques papiers épars
sur la petite table et de se traîner vers le lit. Faute
de bois, l'infortuné voulait travailler couché.

Avant d'appeler l'inspiration, Édouard écrivit un
billet de quelques lignes. Ce billet était l'unique
preuve de souvenir qu'il eût donnée depuis plusieurs mois à madame Norlac. Envers une telle
amie, le mensonge lui semblait impossible, et certaines douleurs ne peuvent guère se confier.

Son billet cacheté, M. de Lirvans relut à haute
voix la première partie d'une tragédie sur laquelle
il fondait toutes ses espérances de gloire. Bientôt
ses yeux s'illuminèrent, son teint se colora ; l'enthousiasme l'avait saisi. Un sordide papier jaune
tombant en lambeaux recouvrait le mur en face
de lui, et il voyait une salle splendide, pleine de

femmes, de fleurs, de lustres d'or; sur la scène, une artiste inspirée, belle comme la plus belle œuvre de Phidias, disait les vers qu'il venait d'écrire.

Quand bien même Édouard n'eût aligné que des rimes monotones, sans rhythme et sans couleur, il ne nous serait pas permis de railler son illusion.

Des millions d'églantines qui s'épanouissent au printemps sur la lisière du bois, bien peu portent le germe qui doit donner naissance à une plante nouvelle. Le pâtre brise la fleur à peine entr'ouverte, le soleil de midi la brûle; l'automne arrive; les graines sont mûres. Alors le vent du nord s'élève et les disperse au loin sur le sable et sur les rochers.

L'églantier n'en revêt pas moins l'année suivante sa gracieuse parure nuptiale, et le mendiant qui s'endort à son ombre, la jeune fille qui se couronne de ses fleurs, le voyageur qui passe, sont charmés par l'éclat de ses pétales rosés et respirent avec délices son doux et sauvage parfum. — Si l'artiste capable d'enfanter une œuvre immortelle avait seul le droit de produire, la foule s'immobiliserait dans une stupidité morne et les encouragements manqueraient au grand artiste désormais sans relation avec le reste des hommes. L'existence même du grand artiste deviendrait impossible. Pour un bourgeon qui sort de terre combien de germes sont sacrifiés! L'éclosion d'un homme de génie suppose aussi d'innombrables tentatives avortées. Mais ces efforts impuissants ne sont pas perdus. Toute aspiration vers un but élevé possède sa beauté propre, indépendante du résultat; elle tend incessamment à rapprocher l'humanité de l'idéal.

Édouard était heureux. Il déclamait d'une voix sonore des vers qui parlaient de gloire, d'amour, de bonheur. Son enivrement était si grand qu'il n'entendit pas ouvrir sa porte.

— Monsieur est donc malade? cria presque à son oreille une voix glapisssante.

Le malheureux poëte retomba sur la terre. Un frisson parcourut ses membres quand ses yeux rencontrèrent le regard stupide de sa concierge.

Cette femme venait réclamer ses étrennes et il ne restait que quinze francs dans la mansarde : à peine le pain de quelques jours.

— Monsieur ne sort pas par ce beau temps ? reprit la mégère en lançant un coup d'œil significatif sur les bottes éparses cà et là dans la chambre. C'est bien mal commencer l'année, que je vous souhaite bonne et heureuse, continua-t-elle en s'avançant vers le lit.

L'homme intelligent, aux sentiments élevés et délicats, rougit sous le regard de cette ignoble femme.

— Merci, répondit-il d'une voix étranglée, prenez..., commença-t-il...

Puis il s'arrêta ; — et, pour cacher son embarras, Édouard pria la vieille femme de mettre à la poste le billet adressé à Hélène.

— Vous savez que le terme se paie dans huit jours, cria la concierge en se dirigeant vers la porte qu'elle repoussa avec rage derrière elle.

Édouard s'efforça vainement de retrouver sa verve de tout à l'heure. Les mesquines tortures de la réalité avaient tué la poésie. Sa plume demeurait immobile entre ses doigts depuis une demi-heure, quand la porte de sa chambre fut une seconde fois ouverte.

Un monsieur d'une cinquantaine d'années, dont les longues moustaches rousses, la tournure et le geste disaient clairement la profession, entra dans la mansarde.

— Où diable vous cachez-vous ? s'écria le vieux militaire, qui n'aperçut pas d'abord M. de Lirvans.

— Je suis très-enrhumé, je suis malade, répliqua Édouard en balbutiant,

— Vous étiez en train de travailler, dit le visiteur. Et, prenant l'une des deux chaises de paille, il vint s'asseoir auprès du lit. — Ne pensez-vous pas, mon cher de Lirvans, que l'expérience a duré assez longtemps, continua-t-il en jetant un regard dédaigneux sur les papiers dispersés autour d'Édouard.

Ce blâme implicite glaça M. de Lirvans ; en voyant entrer chez lui le vieil ami de sa famille, il avait vaguement pensé qu'il pourrait lui emprunter quelque argent remboursable lors de son premier succès.

— On me fait espérer une lecture au Théâtre-Français, répondit-il.

— Ces espérances-là ont mené des milliers de rimailleurs à l'hôpital, dit brutalement le militaire. Abandonnez donc une fois pour toutes ces chimères et retournez à Moulins.

— C'est impossible.

— Pourquoi donc, je vous prie? — Il n'y a pas de déshonneur à se tromper sur sa vocation.

— Je ne me suis pas trompé, je réussirais si je pouvais attendre, répliqua vivement Édouard.

Le colonel Duval, bon homme à sa manière, et personnellement ami de la vérité, était impitoyable pour ce qu'il croyait être l'erreur.

— Il faut avoir dix-huit ans et du génie pour commencer ce métier-là avec quelques chances de succès, dit-il sévèrement, et si je ne me trompe, vous avez trente et un ans et trois mois bien sonnés.

11.

Édouard ne répliqua rien. Ses doigts broyaient involontairement sa plume.

— Songez à la douleur de cette pauvre madame Lirvans, insista Duval.

A ce moment, un jeune homme de vingt ans, vêtu avec élégance, ouvrit en chantonnant la porte de la mansarde,

— Bonjour, mon cher cousin, dit-il gaiement à Édouard ; je n'ai pas voulu laisser passer le premier jour de l'année sans venir vous serrer la main ; vous êtes souffrant?

— Un peu. Merci, Gustave, d'avoir songé à moi.

— Vous m'avez fait faire, quand j'avais douze ans, de si belles parties de chasse et de pêche, que je vous ai voué une reconnaissance éternelle, dit le jeune homme en se mettant à cheval sur la seule chaise disponible. Je viens du bois, continua-t-il, il y avait foule. J'ai serré en passant la main à Salviny ; un maître celui-là ; un homme qui comprend son époque. Les grandes machines tragiques et les drames larmoyants, ont fait leur temps ; le public n'en veut plus... ne vous en déplaise mon cousin,

car vous travaillez, je crois, dans ce genre-là, ajouta
en riant le jeune homme. Comment vont ma cousine de Lirvans et ma petite fiancée, dit-il encore
en se levant.

— Bien, très-bien, merci, murmura Édouard.
Depuis près de dix-huit mois Anaïs n'avait pas
répondu un seul mot aux lettres de son mari.

Les deux visiteurs sortirent ensemble. Aussitôt
qu'Édouard se trouva seul, il cacha sa tête dans ses
couvertures et pleura. Une foi opiniâtre en son
talent le soutenait depuis deux années contre l'isolement et contre la misère; cette foi venait d'être
ébranlée. Les heures passèrent, la nuit arriva.
Édouard restait au milieu des ténèbres, insensible
aux choses extérieures, à la faim, désespéré.

Tout à coup il se précipita hors de son lit et alluma
une bougie. Un désir immense, insensé de sympathie l'avait saisi. Le passé fut oublié, et il écrivit
à sa femme la lettre qu'on a lue.

Pendant les deux jours qui suivirent, Édouard se
sentit presque heureux. Qu'espérait-il? — Une réconciliation avec Anaïs devait-elle apporter quelque

changement à sa situation financière ? Il n'y avait même pas songé ; mais maintenant il croyait en l'avenir, il se sentait fort. Un peu de tendresse dans sa vie, et les obstacles seraient aisément vaincus.

Le troisième jour si impatiemment attendu par Édouard arriva. Aucune lettre ne lui parvint... Le lendemain, le surlendemain, rien encore. Ceux qui, connaissant le passé conjugal de M. de Lirvans, s'étonneront d'apprendre qu'il tomba dans un découragement absolu, ceux-là n'ont pas subi les agonies de l'isolement, compliquées des intolérables tortures de la misère prolongée.

Le 8 janvier, ses derniers quinze francs étant entièrement dépensés depuis la veille, Édouard souffrit de la faim. Il ne lui restait plus ni la volonté, ni la force de prolonger la lutte par de nouveaux emprunts. La pensée de la mort le fit cependant frissonner. La mort apparaît radieuse, triomphante à l'homme surexcité par un sentiment violent ; plus elle est inutile ou absurde, plus l'orgueil s'exalte. Le suicide est, en certains cas, la glorification la plus éclatante de la liberté humaine ;

mais mourir parce qu'on a faim, parce qu'on a froid, parce que personne ne vous aime, c'est hideux à faire reculer les plus vaillants.

Pendant une journée encore, Édouard erra dans les rues de Paris ; puis il rentra machinalement chez lui vers le soir.

— Il y a une dame là-haut, lui cria le concierge, au moment où il passait devant la loge.

Édouard fut pris d'un tremblement convulsif.

— Ma femme, murmura-t-il, écrasé par la joie, par le remords, car pendant ces huit dernier jours, il avait amèrement accusé Anaïs.

Il gravit avec peine les quatre étages et poussa sa porte entre ouverte. Une bougie éclairait faiblement la mansarde.

— Anaïs ! dit Édouard d'une voix étouffée.

Une femme assise au fond de la chambre s'élança vers lui. C'était Hélène.

IV

Le plus grand charme d'Hélène était un défaut, un défaut immense dans notre société actuelle, l'absence absolu de calcul, l'insouciance du lendemain.

Élevée à la campagne par une grand'mère indulgente ; mariée jeune à un homme qui lui plaisait, elle connaissait peu les difficultés de la vie, et pas du tout les préjugés du monde. Sans affection, sans famille, sans entourage à vingt-huit ans, elle devait inévitablement, à la première occasion, agir avec l'inconsciente intrépidité de ces héros en layette, qui, sachant à peine marcher, escaladent les toits et les grands arbres devant lesquels les adroits et les forts s'arrêtent hésitants.

En lisant le billet d'Édouard, Hélène devina de profondes douleurs, peut-être même une résolution fatale. M. de Lirvans s'était montré affectueux, dévoué, pour elle, pour son enfant, elle n'hésita pas

un seul instant à partir pour Paris. Rien de moins
arrêté d'ailleurs que ses projets. Reviendrait-elle à
Moulins le lendemain, dans deux jours, dans un
an? Elle n'avait pas songé à se le demander. Ses
plus tristes prévisions furent dépassées, quand,
introduite par la concierge dans la chambre
d'Édouard, elle contempla en face la hideuse réalité. La physionomie et les discours de son ami ne
confirmèrent que trop cette révélation des objets
extérieurs. Ému jusqu'aux larmes de la preuve d'affection si inattendue que lui donnait Hélène, l'infortuné poëte raconta, sans s'en douter, dans les moindres détails, son existence de deux années. Avant
de quitter la rue Dauphine, madame Norlac avait
déjà résolu de se fixer à Paris, auprès d'Édouard.
Les deux mille francs de rente suffiraient, pensait-elle, à les faire vivre tous les deux, jusqu'au
jour où M. de Lirvans serait célèbre et riche. En
femme vraiment aimante, Hélène, devant l'insuccès prolongé de son ami, ne se permettait pas l'ombre d'un doute sur le génie d'Édouard. Un seul
point l'inquiétait. Comment lui ferait-elle accepter

sa détermination ? Elle se croyait certaine du succès, lorsque, deux jours plus tard, elle écrivit à
M. de Lirvans, pour l'engager à venir dîner chez
elle, à Passy, où elle était installée elle-même depuis
quelques heures.

Cette installation, faite à la hâte, n'avait rien
de brillant. Un petit salon, meublé d'une table,
de deux chaises et d'un mince divan de perse
bleue ; pour chambre à coucher, une alcôve fer-
mée ; pour cuisine, un imperceptible réduit : c'était
tout.

— Vous allez habiter ici, ma chère Hélène ? dit
Édouard consterné.

Il se rappelait en ce moment les gracieux bos-
quets du cottage.

— Pourquoi non ? répondit Hélène en souriant,
la solitude me tuait, j'étais si inutile là-bas.

Par les soins d'une femme du voisinage, le dîner
fut bientôt servi.

Assis en face d'Hélène, Édouard croyait rêver.
La jeune femme lui semblait aujourd'hui mille fois
plus belle qu'elle ne l'était le soir où il avait pleuré,

en la voyant radieuse sous des flots de lumière entre son mari et son enfant.

A trente ans, pour la première fois de sa vie, Édouard subissait le charme tout-puissant d'une femme belle, spirituelle et vraiment bonne. Le dîner n'était pas encore achevé, qu'il avait solennellement promis de venir habiter une petite chambre, s'ouvrant sur le même palier que le modeste appartement de madame Norlac. Le concierge refusait, affirmait Hélène, de louer les deux logements séparément, il lui fallait garantir la location de la chambre en question. Édouard, en venant l'occuper, lui rendrait donc un éminent service.

M. de Lirvans ne mit pas un seul instant en doute les assertions d'Hélène : il ne doutait de rien ce soir-là. Le triomphe lui paraissait assuré, prochain ; il se sentait si heureux !

Hélène était bien heureuse aussi, trop inexpérimentée, trop pure, pour prévoir les agitations de la vie intime et les calommies du monde; elle s'abandonnait tout entière au bonheur de rendre à l'espérance, aux joies de la vie, l'ami qu'elle avait trouvé deux jours auparavant, presque fou de désespoir.

Dès le lendemain, Édouard vint habiter Passy.
Pendant le jour, il travaillait avec ardeur dans sa
chambre ; le soir venu, il allait rejoindre Hélène
dans le petit salon qui servait aussi de salle à manger.. Madame Norlac dut bientôt reconnaître qu'il
lui faudrait faire des miracles d'économie pour sub-
venir avec ses deux mille francs aux besoins de deux
personnes. Elle renvoya la femme qui la servait et
se procura quelques menus travaux de couture.

Si l'on s'étonnait qu'Édouard acceptât de pareils
sacrifices d'une amie, d'une femme, nous pourrions
répondre que les âmes vraiment honnêtes et géné-
reuses, sont celles qui hésitent le moins à recevoir
des bienfaits. Les inébranlables fiertés, à l'endroit
des services, quels qu'ils soient, sont presque toujours l'indice d'une nature intéressée, sèche et
mesquine.

Hélène, d'ailleurs, s'acquittait des travaux domestiques, auxquels elle était demeurée jusque-là étrangère, avec tant d'activité, tant de grâce, tant d'en-
jouement, qu'Édouard, si son âme eût été moins

reconnaissante et moins tendre, aurait pu oublier les détails vulgaires dont elle devait s'occuper pour créer le bien-être autour de lui. De son côté, il écrivait avec ardeur. L'avenir pouvait-il faire défaut à l'homme qu'Hélène jugeait digne de son dévouement absolu. Inutile de dire qu'Édouard était passionnément amoureux de madame Norlac. Ce sentiment, tout nouveau pour lui, bouleversait son âme dans ses plus intimes profondeurs. Il y voyait une faute envers sa femme, presque une indélicatesse envers Hélène, qui était accourue vers lui avec une si naïve candeur. Pendant trois mois il eut la force de dissimuler les émotions violentes, dans lesquelles se résumaient maintenant pour lui toutes les douleurs et toutes les joies de l'existence. La solitude absolue que la fausseté de leur situation et la pauvreté imposaient aux deux amis, contribuait, sans aucun doute, à rendre cette contrainte possible. Posséder aussi peu que possible la femme qu'on aime est un malheur supportable, tant qu'on a la certitude que les autres la possèdent encore un peu moins que vous.

Un soir arriva cependant où Édouard se trouva aux genoux d'Hélène, couvrant ses mains de baisers et de larmes et répandant son cœur en folles paroles d'amour.

Hélène ne témoigna ni surprise, ni colère. Elle se leva pâle, tremblante, et resta immobile devant Édouard qui, après l'avoir contemplée pendant quelques instants avec stupeur, quitta sans dire un mot le petit salon.

Aucune explication n'eut lieu entre les deux amis quand ils se revirent le lendemain ; mais à partir de cette scène muette, une gêne glaciale remplaça l'amicale et joyeuse franchise de leurs relations premières.

Comme cela a presque toujours lieu, une série d'événements extérieurs vint aggraver, pour Hélène et pour Édouard, l'état moral créé par cette inévitable crise.

Madame de Lirvans, qui s'était si soigneusement abstenue de répondre au cri de désespoir et de tendresse, qu'Édouard avait poussé vers elle pendant l'horrible nuit du jour de l'an ; madame de

Lirvans, dès qu'elle apprit le départ d'Hélène pour Paris, écrivit à son mari une lettre ironique et méchante. Elle s'étonnait qu'Édouard put réclamer ses consolations ou sa présence, qu'il trouvât même le temps de songer à sa femme, quand il avait auprès de lui tant 'd'éléments de bonheur.

« S'il ne s'agissait que de moi, continuait Anaïs, je saurais supporter en silence l'abandon et l'infidélité ; j'offrirais à Dieu mes souffrances. Mais quand on tend sous vos pas des piéges recouverts de fleurs, quand on vous entoure d'intrigues, quand on met en péril non-seulement votre réputation d'honnête homme en ce monde, mais votre salut de chrétien dans l'autre : c'est un devoir sacré pour une épouse que d'essayer de vous ouvrir les yeux. »

La plume de madame Lecamus devait être pour beaucoup dans la rédaction de cette épître. Édouard froissa avec indignation la lettre d'Anaïs, et la lança dans un coin de la chambre où il eut l'imprudence de l'oublier.

Hélène la ramassa le lendemain, la parcourut d'abord machinalement, comme elle faisait de tous les papiers rencontrés dans la chambre d'Édouard, puis la lut avec soin, quand elle y découvrit toute autre chose que des élucubrations tragiques ; cette honteuse interprétation de l'affection la plus désintéressée et la plus pure, blessa au cœur la malheureuse jeune femme.

Le colonel Duval sonnait quelques semaines plus tard à la porte d'Édouard. Étonné de ne jamais voir maintenant M. de Lirvans, qui, autrefois, dînait chez lui tous les quinze jours, le colonel s'était présenté rue Dauphine et avait appris des concierges la nouvelle adresse du poëte.

Au moment où le colonel vint frapper à sa porte, Édouard se trouvait sorti. Madame Norlac, toujours préoccupée des intérêts de son ami, s'empressa d'accourir sur le palier.

Ébloui par cette apparition inattendue, le colonel n'en crut pas moins de sa dignité d'adresser la parole à Hélène avec la sécheresse laconique dont on use envers les inférieurs.

Les regards du colonel traduisaient d'ailleurs clairement ses suppositions impertinentes. Hélène

rougit jusqu'au blanc des yeux et rentra en toute
hâte dans sa chambre.

Avant la scène d'amour que nous avons racontée,
la pauvre femme aurait peut-être puisé dans le
sentiment de sa complète innocence la force de supporter sans faiblir les calomnies et les humiliations.

Dominée par une passion exaltée, elle eut été
plus courageuse, plus invulnérable encore. La passion n'a-t-elle pas le privilége de transformer en
vertus, pour ceux qui l'éprouvent, les sentiments
qualifiés de crimes par les indifférents ? L'affection
profonde, dévouée, agitée cependant aujourd'hui,
qu'Hélène ressentait pour Édouard, la laissait sans
armes et sans fierté devant les outrages.

Elle pleura pendant plusieurs heures et résolut
de retourner à Moulins. La nuit venue, Édouard
rentra au logis, accablé. On lui refusait au Théâtre-
Français la lecture si longtemps attendue. Hélène
pouvait-elle rejeter son ami dans l'abîme de souffrances et de misères d'où elle l'avait fait sortir ?

Madame Norlac oublia ses propres douleurs pour
rendre à M. de Lirvans le calme et l'espérance.

V

Un jardin fort peu cultivé attenait à la maison habitée par les deux amis. Chaque fois que madame Norlac y descendait pour prendre l'air, elle était certaine d'y rencontrer une femme âgée, accompagnée d'une assez jolie fille. La vieille femme se traînait à grand'peine le long des allées sablées et racontait à voix très-haute, aux premiers auditeurs venus, ses grandeurs passées et ses griefs actuels contre la destinée et contre sa fille. Sans paraître aucunement se soucier de ses lamentations, la jeune accusée courait de côté et d'autre, jouait avec les chiens et les chats, ou chantait à tue-tête, tout en exécutant des ouvrages au crochet.

Hélène apprit bientôt que la vieille femme se disait veuve d'un officier, et qu'après Virginia, elle faisait peser la responsabilité de ses malheurs sur

tous les souverains et sur tous les ministres qui
s'étaient succédé en France, depuis 1815. Virginia
refusait d'épouser un camarade de son père, âgé de
soixante-six ans, mais pourvu de bonnes rentes et
d'une retraite, pour courir (c'était l'expression de
la vieille femme) après un jeune ébéniste sans le
sou.

L'héroïne de ce roman n'était rien moins que
poétique. Une taille épaisse, des traits épatés, de
lourdes mâchoires, révélaient chez elle d'assez vulgaires instincts. A seize ans, avec de la fraîcheur,
des lèvres et des yeux toujours prêts à sourire, une
jeune fille ne peut, cependant, jamais être tout à
fait dépourvue de charme.

Bien qu'Hélène évitât d'entrer en relation avec
les habitués du jardin, elle ne put se défendre des
avances empressées de Virginia. Dès la première
rencontre, la jeune fille sourit amicalement à madame Norlac; à la seconde, elle lui offrit des fleurs
et la consulta sur une difficulté de son travail. En
rentrant dans sa chambre, un matin, après quelques minutes d'absence, Hélène trouva sa jeune

voisine occupée à savonner ses cols et ses manchettes.

— Vos mains sont trop blanches pour travailler, madame, et j'essaye de vous rendre service, car je voudrais bien devenir votre amie, dit la jeune fille avec son habituel sourire.

Hélène venait justement de se croiser au bas de l'escalier avec la mère de Virginia. Entourée d'un groupe de commères, la vieille femme déblatérait, en termes grossiers, contre les ruses inventées par l'ébéniste pour tromper sa surveillance.

Les délicatesses de la femme vertueuse, d'autant plus excitées chez Hélène que sa pauvreté actuelle la faisait presque l'égale de ces tristes créatures, ces délicatesses l'emportèrent complétement, en ce moment, sur ses instincts de bonté sympathique.

— Je vous remercie de votre obligeance, mademoiselle ; mais je tiens à m'occuper seule de ces détails d'intérieur, répondit-elle à la jeune fille avec une froideur tant soit peu hautaine.

— Est-ce parce que j'aime Auguste, que vous me

traitez ainsi? s'écria Virginia en repoussant brusquement loin d'elle le vase rempli de mousse et
de savon. — Vous aimez bien M. Édouard, vous!
M. Édouard qui est marié!... la concierge me l'a
dit.

Édouard entrait, en ce moment, chez madame
Norlac, pour lui lire un acte nouvellement achevé.
Il entendit les dernières paroles de Virginia; il la
vit sortir de l'appartement, le front haut, les narines
dilatées, les lèvres gonflées et insultantes.

Une scène pénible, une de ces scènes de mensonge sincère, qu'ont connues tous ceux qui possèdent une âme à la fois honnête et passionnée,
eut lieu entre les deux amis.

— Partez! disait Édouard en sanglotant; partez,
je vous en supplie; je saurai me passer de vous,
vivre sans vous voir, pourvu que je vous sache
heureuse et respectée! Je ne serais qu'un misérable égoïste, si j'acceptais un jour de plus vos sacrifices!...

— Que m'importent les bavardages d'une petite
fille, répondait Hélène, tandis que des larmes d'hu-

miliation roulaient sur ses joues et que ses mains
frissonnaient dans les mains d'Édouard. Plaignons
les misérables gens qui nous entourent; mais ne
soyons pas assez lâches pour sacrifier l'affection la
plus sainte à leur sottise et à leur méchanceté.

Ces larmes, ces effusions se prolongèrent pendant plusieurs heures. Dès qu'une émotion violente
ouvre le cœur, tout ce qu'il contient s'en échappe.
Édouard parla, mille et mille fois, à Hélène de l'a-
mour qu'il jurait d'oublier, et quand il la quitta
enfin, madame Norlac s'abîma dans une rêverie
interminable. Sa dureté envers Virginia lui causait
de vifs remords.— Avait-elle le droit maintenant
d'être si sévère envers cette pauvre fille?.....
Hélène tendit la main à la maîtresse de l'ébéniste
la première fois qu'elle la rencontra sur l'escalier.
Les excuses, les remerciements, les transports de
joie de Virginia furent brusquement interrompus
par l'apparition d'un homme aux traits égarés, qui
se planta, à trois pas des deux jeunes femmes, sur
les dernières marches de l'escalier. Virginia partit,
en le voyant, d'un grand éclat de rire et monta

deux étages en courant. L'inconnu fixa sur Hélène un regard hébété, puis se dirigea lentement vers le jardin.

Dès qu'il eut disparu, la jeune fille redescendit auprès de madame Norlac.

— Vous avez vu mon amoureux, dit-elle en riant toujours. Est-il vieux !... est-il laid !...

— Qui est ce pauvre homme ? demanda Hélène.

— C'est un monsieur qui gagne sa vie à dessiner des arbres et des maisons. Il habite tout seul au fond de la petite cour. — Figurez-vous qu'il veut absolument m'épouser... il m'écrit des lettres qui nous font mourir de rire, Auguste et moi.

Malgré ses résolutions charitables, Hélène ne put se défendre d'une sorte de dégoût. Elle n'adressa pas une seule parole à Virginia, pendant qu'elles remontaient ensemble l'escalier.

— Voyez ! Il me regarde encore, l'imbécile ! dit Virginie en se penchant à une fenêtre d'où l'on découvrait le jardin et l'entrée du logement de l'artiste.

Hélène aperçut le triste amoureux, au pied d'un

12.

grand arbre. Debout, immobile, il attachait sur Virginia des regards pleins d'une humble adoration.

La jeune fille répondit à ses regards par une grimace moqueuse, puis elle ferma vivement la croisée.

L'infortuné tomba comme foudroyé sur un banc de gazon et cacha sa tête entre ses mains.

Virginia riait toujours.

Saisie de pitié, madame Norlac descendit rapidement l'escalier et s'approcha de l'inconnu.

L'amoureux de Virginia la regarda sans surprise.

— Vous êtes donc aussi de la conspiration, vous ! murmura-t-il d'une voix éteinte.

Hélène observait attentivement ce malheureux. C'était un homme de trente-six ans à peine, hâve, décharné, fort laid, comme le disait Virginia. Non que ses traits fussent inférieurs, en régularité, à ceux de beaucoup d'hommes, qui passent pour beaux.

La régularité des lignes n'a guère plus d'importance dans l'impression produite par un visage

humain que n'en a, au point de vue du plaisir des
auditeurs, la qualité de l'instrument dont se sert
un musicien. Avoir de belles lignes, c'est posséder
un bon instrument; rien de plus. Pour émouvoir
et charmer, il faut, avant tout, savoir et vouloir en
tirer parti. Or, quand le pauvre artiste donnait
toutes ses pensées, toute son âme à Virginia, jamais l'idée ne lui serait venue que la jeune fille
pût lui reprocher ses cheveux en broussailles, sa
tournure dégingandée, sa barbe inculte. A un degré
moindre, cette aberration d'esprit se retrouve
chez bien des gens d'intelligence et de cœur.

La passion de l'artiste pour Virginia était d'ailleurs tellement *subjective* qu'en causant avec lui,
on s'apercevait bientôt qu'il ne possédait pas la certitude absolue d'avoir jamais adressé la parole à la
jeune fille.

Il n'en raconta pas moins longuement à Hélène
ses déceptions, les persécutions dont il était l'objet
et aussi ses espérances.

Au bout d'une heure, madame Norlac quitta son
nouvel ami, le cœur rempli de sympathie pour ses

souffrances et pour certains côtés poétiques de sa nature, mais convaincue qu'il était fou.

VI

C'était tout au moins un être fort bizarre que le peintre Jonathas. Qu'il s'agît d'hommes ou d'institutions, il ne les jugeait qu'à ce point de vue transcendantal et légendaire, qui, convenablement exploité, peut rendre acceptables les plus odieuses combinaisons, justifier les plus infâmes caractères. Les faits lui donnaient d'éclatants démentis, il le reconnaissait parfois ; mais au lieu d'abandonner ses théories optimistes, il en inventait d'autres non moins inadmissibles pour s'expliquer à lui-même et pour faire comprendre aux autres, comment des institutions parfaites, mises en pratique par des hommes sans défauts, pouvaient amener de déplorables résultats.

La question étant ainsi posée, tous les arguments de l'artiste frisaient nécessairement la démence.

L'excentricité de Jonathas éclatait surtout dans son amour. Ne doutant pas que Virginia n'alliât à la plus splendide beauté physique les qualités morales, dont l'assemblage constitue le type idéal de la jeune fille, il se refusait absolument à croire qu'elle pût aimer l'ébéniste, son rival. La plus pure, la plus chaste, la plus noble des vierges, pouvait-elle égarer ses regards sur un garçon d'une beauté lourde et vulgaire, volontiers léger dans ses discours, ivre souvent? Jonathas s'imaginait être la victime d'une ténébreuse machination, ayant pour but de lui aliéner le cœur de sa bien-aimée. Quelque chose que dît ou fît sa Virginia, ce n'était jamais elle qu'il accusait, mais bien ses persécuteurs inconnus. L'illustre don Quichotte n'aurait pas renié la parenté de notre artiste.

Une regrettable lacune dans l'organisation artistique de Jonathas, déterminait peut-être toutes les singularités de sa nature.

Certaines gens s'étonnent que des œuvres pleines

de sentiment et de passion, puissent être créées par des hommes dont la tournure d'esprit facétieuse est bien connue de leur entourage. Ces tendances contradictoires, en apparence, sont cependant une condition presque indispensable de puissance pour l'artiste. Quand la gaieté, l'insouciance railleuse lui font défaut, le côté sentimental, laissé sans contre-poids, annule ou, tout au moins, trouble bientôt chez lui les facultés intellectuelles. La gravité de Jonathas ne se démentait jamais. Par dégoût des folles causeries et des charges de l'atelier, il avait travaillé seul et s'était créé un genre plein d'originalité, mais dont la poésie étrange et fantastique demeurait inintelligible pour la masse du public. Les acheteurs passaient sans s'arrêter devant les toiles de Jonathas. Moitié par honte du délabrement de ses habits, moitié par horreur de la gaieté de ses camarades, le malheureux artiste, assailli bientôt par la misère, s'était accoutumé à végéter dans une solitude absolue. De telles conditions d'existence exaltèrent jusqu'au délire sa passion pour Virginia.

Attirée par ce mélange de grandeur et de dé-

faillance morale, madame Norlac devint bientôt la
consolatrice de Jonathas. Une pensée plus généreuse que sage la poussa, en même temps, à se
rapprocher de sa jeune voisine.

— Virginia n'est pas corrompue, se disait-elle,
puisqu'elle résiste aux sordides suggestions de sa
mère; ne pourrait-on élever son âme inculte à la
hauteur de la passion de Jonathas? On sauverait
ainsi, à la fois, l'artiste des hallucinations du rêve
et la fiancée de l'ébéniste des périls de la réalité.

Dès qu'Hélène le lui permit, Virginia se fit volontairement sa servante. Sans vouloir même entendre parler d'une rétribution en argent, elle dé-
chargea madame Norlac de tous les soins pénibles
du ménage.

D'aussi rares qualités encouragèrent si puissam-
ment les illusions d'Hélène, qu'elle domina ses
répugnances natives jusqu'au point de provoquer
les confidences de Virginia.

Un matin, en rangeant la chambre de sa maîtresse d'élection, la jeune fille lui raconta qu'elle
avait pleuré pendant toute la nuit, parce qu'Auguste,

malgré des promesses récentes, s'était enivré en compagnie des plus mauvais sujets de son atelier.

Hélène saisit cette occasion pour dessiller les yeux de sa jeune voisine sur l'avenir qu'elle se préparait, en suivant son penchant pour l'ébéniste.

Elle hasarda, en même temps, un éloge sincère de Jonathas.

— Auguste s'enivre, c'est vrai ; mais il est beau, lui ; je ne veux pas le quitter, répondit simplement la jeune fille.

Quelques instants plus tard, l'artiste entretenait Hélène de l'incomparable supériorité intellectuelle, de la sublime délicatesse de sentiment de sa Virginia.

L'expérience était trop décisive pour qu'Hélène persistât à combattre la folie de ses deux protégés. Elle aussi, d'ailleurs, appelait inutilement la raison à son aide. De plus en plus, elle se sentait envahir par la passion.

Si Édouard n'était pas poëte, il avait certainement une nature *poétique*, ce qui est fort différent et de beaucoup préférable au point de vue de l'amour. La fable d'Antée n'est pas une simple fiction : tous les vainqueurs du grand combat doivent renouveler incessamment leurs forces au contact de la plus matérielle réalité. Pour la reproduire transfigurée dans ses œuvres, le poëte doit s'emparer en maître de la création entière, des cimes aux bas-fonds, de l'aigle au vermisseau, des prestiges du rêve aux manifestations de la force brute ; il doit tout parcourir, tout embrasser, tout aimer. La femme qui donne son âme à ce voyageur éternel, tenterait vainement de l'arrêter. Peu importe bientôt, au libre amant de l'idéal, que les barreaux de sa cage soient dorés et fleuris, il n'y voit qu'une entrave et les brise. La perte d'un cœur dévoué c'est pour lui peu de chose, car l'enthousiasme ou la vanité amènera demain entre ses bras une autre victime plus enivrée et plus radieuse.

L'âme d'Édouard était pleine de pudiques répugnances. Les réalités brutales de l'existence, les monstruosités individuelles ou sociales que les forts regardent en face, qu'ils recherchent même comme

13

de magnifiques sujets d'étude, lui inspiraient un profond dégoût. Sa sensibilité vraie, les élans de son imagination auraient pu faire illusion à quelques amis sur sa vocation littéraire ; des juges plus perspicaces eussent bien vite deviné que ses œuvres n'arracheraient jamais à la foule, ni sanglots, ni cris d'admiration.

Les limpides regards de ses yeux bleus ne mentaient pas. Bien que, dans le néant des relations conjugales sans tendresse, il se fût cru des désirs insatiables, immenses ; les enivrements de la création intellectuelle ou de la gloire ne lui auraient jamais apporté le bonheur. Il lui fallait plus et moins que cela : l'amour exclusif, ardent, fidèle, d'une maîtresse adorée. C'était un de ces hommes si rares auxquels une femme peut abandonner son cœur sans craindre ces froissements, ces blessures qui tuent les plus faibles d'entre elles et qui rendent parfois les autres plus insensibles et plus cruelles que leurs bourreaux.

Pendant les soirées que les deux amis employaient à lire ensemble les œuvres des écrivains

illustres, Hélène oubliait bien souvent les drames
de l'histoire et les élégies des poëtes, pour se répéter
à elle-même, en regardant Édouard, à peu près tout
ce que nous avons tenté d'analyser plus haut. Et
quand sonnait l'heure de la séparation, après de longs
instants passés dans le monde enchanté de la passion et du rêve, ni madame Norlac, ni Édouard ne
comprenait peut-être bien clairement, pourquoi un
froid serrement de main était leur unique adieu.

— Non ! se disait Hélène dès qu'elle se trouvait
seule, non, je ne veux pas l'aimer ! J'absorberais
toute son existence, toute son âme !... il ne faut pas
que sa fille, que sa femme puissent m'accuser un
jour de leur avoir enlevé un père et un époux.

— Elle ne songe même pas à moi ! murmurait
au même moment Édouard avec un sombre découragement.

Depuis quelques jours cependant, M. de Lirvans
nourrissait tout au fond de son cœur de folles espérances. Un moment décisif, selon lui, approchait.
Il avait adressé à une actrice célèbre des vers contenant les amplifications louangeuses obligées; ces

vers étaient accompagnés d'une lettre, par laquelle il suppliait la grande artiste de vouloir bien écouter la lecture de sa fameuse tragédie. Soit que l'artiste aimât prodigieusement l'encens, soit que l'encens fût rare ce jour-là autour d'elle, la requête d'Édouard fut on ne peut pas mieux accueillie.

M. de Lirvans se crut à la veille de sa bataille d'Austerlitz. Vingt fois il relut sa pièce, sa chère tragédie d'*Hypathie* ; il la fit lire aussi à Jonathas, dont le goût était assez sûr, les jours où il voyait autre chose sur les pages de ses livres que le menton à fossette et le nez retroussé de Virginia. Jonathas fut même chargé de soumettre *Hypathie* au jugement d'un de ses amis, critique paradoxal et bourru, mais éminemment consciencieux.

Le critique affirma qu'*Hypathie* était une parfaite tragédie ; et Jonathas s'imagina, de bonne foi, transmettre un compliment à Édouard en lui rapportant ce propos.

Si la vanité de M. de Lirvans eût été seule en cause, on aurait pu railler ses illusions d'auteur ; mais pour lui comme pour la plupart des gens qui

écrivent, être joué à Paris, c'était une question de
pain. C'était encore davantage une question d'a-
mour. Poëte acclamé, peut-être Hélène l'aimerait-
elle ? En tous cas, un abîme infranchissable serait
creusé entre Édouard et sa femme. Madame de Lirvans désavouerait à jamais pour époux, l'homme
dont le nom s'étalerait sur une affiche de spectacle.

Moins confiante dans le succès de la lecture que
son ami, Hélène n'en rencontra pas moins de
bonnes paroles pour fortifier Édouard, lorsque
arriva l'heure solennelle de l'entrevue.

Une fois seule, la jeune femme ne prévit plus
que des résultats funestes, et pour tromper son
anxiété fiévreuse elle descendit chez Jonathas.

Le critique paradoxal dont nous avons parlé, se
trouvait en ce moment auprès de l'artiste ; son admiration pour le talent du peintre était tellement
vive que l'espoir de voir le premier une toile nouvelle, lui faisait supporter toutes les froideurs,
toutes les rebuffades du solitaire. Depuis une heure,
le visiteur et son hôte se promenaient dans l'étroite
cour du peintre, entre une bordure de giroflées et

une plate-bande de violettes soigneusement cultivées à l'intention de Virginia. La conversation de
ces deux hommes eût été curieuse à écouter. Le
lyrisme pieux, le mysticisme sentimental de Jonathas donnaient de singulières répliques aux disser-
tations hardies, caustiques, cyniques même parfois
de l'écrivain.

Les cloches de Passy venaient de sonner l'angelus
de midi. Tout à coup, Jonathas s'arrêta.

— Voici l'heure où les anges visitent la terre,
s'écria-t-il en fixant des regards extatiques sur les
croisées du quatrième étage.

Le critique leva la tête et aperçut Virginia à la
fenêtre de sa mansarde. La jeune fille arrosait des
résédas.

— Une assez laide grisette! observa-t-il.

— N'est-il pas infâme de calomnier cette créature céleste? continua Jonathas trop absorbé pour
avoir entendu la remarque du critique. — On ose
supposer qu'elle a un amant. — Ah! si j'étais digne
de conquérir, en l'épousant, le droit de la défendre,
quelle vengeance je tirerais de ces outrages!...

— Épouser cette fille ! s'écria le critique assez
peu au courant jusqu'à ce jour des amours de
Jonathas. A la juger sur l'apparence, je ne vous
conseillerais même pas de la prendre pour mai-
tresse.

— Virginia !... ma maîtresse !... cria Jonathas
éperdu. — Quels sont les traîtres qui disent cela ?
— Moi ! profaner cette fille sublime ! violer la plus
sainte des lois sociales ! — Si une pareille pensée
souillait jamais mon âme, que la justice des hommes
m'accable, que le feu du ciel me consume !...

— Depuis Gomorrhe, le feu du ciel se trompe
généralement d'adresse, dit en riant le critique ;
quant à la justice des hommes, si elle s'occupait de
ces sortes de crimes, elle aurait vraiment trop à
faire.

Jonathas n'entendait pas. Il marchait droit devant
lui, les bras croisés, l'œil hagard, plongé dans une
consternation morne.

Hélène apparut en ce moment.

— Voici votre charmante voisine, dit le critique
qui connaissait un peu Hélène.

— Encore une fille du ciel, celle-là, répliqua Jonathas, en s'avançant vers madame Norlac.

La tendresse de cœur de Jonathas, sa reconnaissance envers Hélène, lui inspiraient parfois de délicates attentions dont on ne l'aurait jamais cru capable. Lui, qui, un instant auparavant, broyait sous ses pieds, sans s'en apercevoir, la tige de ses chères giroflées, il remarqua qu'un vent assez froid balayait la cour et fit entrer madame Norlac dans son atelier.

VIII

Dès le seuil de cette pièce, les visiteurs les moins impressionnables se sentaient rejetés dans un passé terrible et fantastique. Quelques gravures de maître à part, tous les objets rassemblés par Jonathas étaient antérieurs à la renaissance. Aux quatre angles de l'appartement rampaient des monstres en pierre, dont la gueule béante menaçait les af-

freux gnomes qui grimaçaient au dos des fauteuils
et se poursuivaient sur les corniches. Des bas-
reliefs en bois peint, tombant en poussière, cou-
vraient les parois ; ces bas-reliefs représentaient de
grotesques orgies où des renards habillés en moines
sermonaient des poules vêtues en religieuses. Plus
loin, serpentait une cabalistique, danse macabre. Le
diable dressait partout sa tête noire et ses cornes.
Une petite sainte Vierge aux formes émaciées, qui,
les yeux en pleurs, les mains jointes, semblait
demander à Dieu, quand finiraient ces saturnales,
représentait seule chez Jonathas la triste âme humaine.

La décoration de ce réduit était un lumineux
commentaire de l'état moral du peintre. Le critique
l'avait depuis longtemps compris.

Regardez notre ami, madame, dit-il à Hélène, en
lui montrant de la main Jonathas, blotti au fond
d'un vaste fauteuil en chêne noirci, au milieu de ses
atroces biblots, ne ressemble-t-il pas, à s'y mépren-
dre, à un contemporain d'Abeilard. Moi qui crois
fermement à la réapparition des âmes humaines

sur notre terre, j'ai souvent soupçonné qu'il était arrivé malheur à Jonathas dans l'autre monde. Mort en 1254, il aurait dû régulièrement reprendre un corps vers 1350. Quelque mauvais plaisant de la milice céleste lui aura joué le tour de le garder dans les phalanges saintes, longtemps après l'expiration légale de son temps de service. D'où il est résulté que l'infortuné Jonathas n'est *rené* qu'en l'an 1820. Sérieusement, mon cher ami, je ne vous trouve pas d'autre explication possible, ajouta le critique en se tournant vers Jonathas.

Jonathas ne répondit pas. Il était retombé sous l'impression de la scène du jardin. Quant à Hélène, son inquiétude la dominait trop complétement pour qu'elle appréciât beaucoup les plaisanteries ultra-mondaines du critique. Les stryges, eux-mêmes, ces stryges mystérieux dont elle fixait machinalement les prunelles de granit, ne pouvaient, selon elle, songer en ce moment qu'à Édouard.

Le critique s'apercevant qu'il perdait ses frais d'esprit, se prit, comme consolation, à examiner madame Norlac.

Hélène était assise sur un escabeau très-bas ; son coude s'appuyait sur un vieux coffre, presque entièrement recouvert par la lourde armure d'un chevalier du onzième siècle. Plus blanc, plus délicat, auprès de cette ferraille rouillée, le bras de la jeune femme sortait d'un nuage de mousseline blanche. Un corsage de la même étoffe, flottant à demi, laissait deviner des épaules d'une forme irréprochable. La molle souplesse de la taille trahissait la femme, tandis que la finesse de la ceinture, la chaste cambrure des hanches, rappelaient encore la jeune fille. Sur ce corps rayonnait une tête charmante d'intelligence et de grâce. Le front semblait protéger, par sa noblesse, des yeux bleus pleins de caresses quand la pensée ne les illuminait pas. Sur des dents étincelantes s'ouvraient des lèvres un peu fortes, mobiles et sincères. Une chevelure splendide, cette beauté plus précieuse peut-être qu'aucune autre, parce qu'elle paraît n'être qu'un luxe, couvrait de tresses d'un noir lustré, un cou rattaché aux épaules par des lignes d'une exquise délicatesse.

Le critique ne se lassait pas de contempler Hélène.

— Combien de générations sont tombées en poussière, se disait-il, avant que les servantes des bêtes fauves qui respiraient sous cette ferraille, soient devenues la belle et spirituelle créature que j'admire. Combien de clers ont étudié, rêvé, pensé, pour mettre à son front cette auréole d'intelligence ! Combien de serfs sont morts en blasphémant pour la faire sereine et libre !

Cédant aux franches impulsions de sa nature, Hélène interrompit enfin ses méditations esthético-sociales.

— Vous avez lu, monsieur, la pièce de M. de Lirvans, dit-elle en s'adressant au critique ; qu'en pensez-vous ?

— Monsieur de Lirvans est un charmant homme, plein de cordialité et d'intelligence , répondit avec un peu d'embarras, l'admirateur de Jonathas.

Hélène rougit légèrement.

— Je vous ai demandé, monsieur, ce que vous pensiez de la pièce de M. de Lirvans, et non de

M. de Lirvans lui-même, reprit-elle avec une certaine impatience dans l'accent.

Le critique, nous l'avons dit, était aussi consciencieux que paradoxal. Poussé dans ses retranche-
ments, il prit sur un bahut une eau-forte de Rem-
brandt ; quelques traits, un peu d'ombre, donnant
pour résultat une tête de femme vivante à effrayer.
L'écrivain alla ensuite décrocher, au-dessus du
fauteuil de Jonathas, une lithographie coloriée,
achetée par le peintre à la foire de Saint-Cloud sous
prétexte qu'elle ressemblait à Virginia.

— Voyez, madame, dit le critique en plaçant les
gravures devant Hélène, ces deux femmes ont des
yeux, des nez, des bouches : on peut même dire
que la dame couronnée de coquelicots a beaucoup
plus d'yeux, de nez, de bouche, que sa rivale.
Pourtant celle-ci pense, aime, vit ; vit plus que
vous et moi, insista-t-il en frappant du doigt l'eau-
forte, et celle-là n'est qu'un assemblage désagréable
de bleu, de rouge, de jaune et de vert. — Il en est
de même dans tous les arts.

Hélène devint pourpre et sentit une violente

douleur physique au cœur. Elle aurait mille fois moins souffert si le critique l'avait humiliée personnellement.

Perspicace après coup, le critique rougit lui-même de sa maladresse ; mais, ne sachant comment la réparer, il salua profondément madame Norlac, serra la main de Jonathas et quitta l'atelier.

Hélène ne tarda pas à l'imiter.

Rentrée chez elle, elle dut encore attendre Édouard pendant de longues heures. Sa souffrance devint indescriptible. Plus d'une fois son imagination exaltée lui représenta M. de Lirvans errant dans quelque lieu désert, et prêt à céder aux funestes inspirations du désespoir. D'autres fois aussi, elle s'efforçait d'expliquer favorablement la rentrée tardive de son ami. Charmée du rôle qu'Édouard lui destinait, la grande artiste avait peut-être voulu s'entretenir longuement avec l'auteur d'Hypathie ? Fallait-il considérer comme infaillible le jugement d'un critique renommé pour l'excentricité de ses boutades ; les mêmes ouvrages n'étaient-ils pas chaque jour déchirés par les uns et portés aux nues par les autres ?

Hélène voulut comparer la pièce de son ami aux œuvres qui l'avaient émue ou transportée d'admiration. Cette étude, dont elle s'était jusque-là crue incapable, amena bientôt chez elle la triste conviction que le critique ne s'était pas trompé. La pièce d'Édouard n'était même pas de celles qu'on attaque.

Bien peu de femmes, après avoir partagé les rêves de gloire de leur amant, savent l'aimer encore, quand, convaincu d'une prétention non justifiée par le talent, il devient presque ridicule. L'amour d'Hélène ne faiblit pas dans cette pénible épreuve ; peut-être même devint-il plus tendre et plus énergique encore. Elle exceptée, que resterait-il maintenant à Édouard ?

L'infortuné rentra enfin d'un air dégagé que démentait la terrible altération de ses traits, et lança avec violence son chapeau et son manuscrit sur une table.

— Vous m'avez attendu longtemps, n'est-ce pas ?

dit-il avec cet accent contenu mais strident, qui révèle un amer dépit intérieur.

— Un peu, balbutia Hélène, dont les douloureux pressentiments étaient maintenant une certitude.

— Elles sont bizarres ces princesses de la rampe, poursuivit Édouard en se jetant dans un fauteuil.

Il se fit un silence qu'Hélène crut devoir interrompre.

— Vous aurait-on mal reçu? demanda-t-elle avec effort.

— Admirablement, au contraire ! Après quelques minutes d'attente, j'ai vu apparaître la déesse du lieu. Blanche, gracieuse comme un lis sous son nuage de dentelles, elle m'a tendu la main et m'a remercié chaleureusement de mes vers.

Jamais, m'a-t-elle plusieurs fois répété, elle n'avait été aussi bien comprise. Puis, avec une bonhomie charmante, elle m'a entretenu des souffrances de ses jeunes années, de ses débuts, de ses succès. J'étais transporté d'enthousiasme, j'aurais volontiers souffleté quiconque serait venu me dire l'exacte vérité : c'est que ces sortes de femmes ne

sont que des perroquets bien éduqués. Enfin, la
sublime créature a daigné songer à ma pièce. Elle
s'est jetée sur un divan ; ses doigts roses ont dé-
roulé le manuscrit, et la lecture a commencé. —
Voici où la chose devient plaisante, continua
Édouard avec un rire forcé. — La belle dame
semblait m'écouter attentivement ; de temps à
autre, elle m'interrompait par des observations
que j'avais la naïveté de discuter. Cela marcha
ainsi, jusqu'à la fin du troisième acte. Au moment
où j'allais dire les premiers vers du quatrième,
mon aristarque en falbalas appuya tout à coup sa
main sur mon bras.

« — Êtes-vous un homme de courage ? dit-elle
avec une petite moue fort coquette.

» — Je l'espère ; répondis-je en riant.

» — Eh bien, poursuivit-elle, moitié en plaisantant, moitié sérieusement, laissez-moi alors faire
d'un seul coup l'amputation de votre vanité littéraire. Vous êtes un causeur aimable et spirituel,
mais vous n'êtes pas né pour écrire. »

Édouard regarda Hélène pour juger de l'impres-

sion produite sur elle par ce récit ; il fut frappé de
la tristesse morne de son regard.

— A quoi pensez-vous donc ? lui demanda-t-il.

— Au jugement de cette dame.

— Son jugement ! s'écria Édouard avec ironie,
mais elle n'a pas écouté un seul vers de ma pièce,
j'en ai la certitude absolue !

Nous allons bien rire de cette poupée parlante
que j'ai eu la sottise de prendre pour juge d'une
œuvre d'art, s'était dit le malheureux auteur, un
peu de bonne foi, beaucoup par bravade, en arri-
vant auprès de madame Norlac.

L'amie d'Édouard eût beaucoup donné en ce
moment pour savoir mentir. Elle ne put que retenir
ses larmes prêtes à couler.

— Quelqu'un vous a parlé de ma pièce, dit M. de
Lirvans, en observant attentivement Hélène.

— C'est vrai... murmura la jeune femme d'une
voix étouffée.

La vanité longtemps comprimée d'Édouard, fit
explosion à ce mot.

— On se moque depuis longtemps de moi, n'est-ce pas ? — On vous raille, de vous être laissée duper par les rêveries ambitieuses d'un pauvre imbécile comme moi ? — Et, repoussant violemment le fauteuil sur lequel il était assis, M. de Lirvans se mit à arpenter la chambre.

— Qui vous a parlé de moi ? dit-il tout à coup, en s'arrêtant devant Hélène,

— L'ami de Jonathas... Il n'y a qu'un instant... pour la première fois... balbutia la jeune femme.

— Et que vous a dit ce monsieur ? reprit Édouard d'un ton qu'il s'efforçait de rendre indifférent.

Hélène sentit que toute tentative de dissimulation ne pourrait, au point où en étaient maintenant les choses, qu'aggraver les tortures de son malheureux ami.

— J'ai cru comprendre que l'opinion du critique se rapprochait beaucoup de l'opinion de l'actrice, dit-elle, en baissant involontairement les yeux pour ne pas rencontrer les regards d'Édouard.

M. de Lirvans retomba dans le fauteuil et resta longtemps silencieux, les bras à demi-étendus sur la table, le front caché entre ses mains.

— Un beau résultat! dit-il enfin, comme se parlant à lui-même avec une ironie amère. Un beau résultat! — Les habitants de Moulins vont bien rire de leur compatriote. — Ils ne sont pas ridicules, eux!... Si Dieu les a faits pour planter des choux, ils n'annoncent pas à son de trompe l'intention de devenir des hommes illustres ; ils n'imposent de sacrifices à personne dans l'intérêt de leur gloire future. Quand je songe à mes prétentions grotesques, à mon indifférence pour ma famille, à mes torts envers vous Hélène, qui vous sacrifiez à moi depuis plus d'une année ; envers vous, qui avez poussé l'abnégation au delà des limites humaines ! Je me prends à douter qu'il existe en ce monde un homme aussi bassement vaniteux, aussi lâche, aussi égoïste que moi.

Des larmes roulaient sur les joues de M. de Lirvans.

Hélène s'élança et serra son ami contre son cœur.

— Je t'aime! ne l'avais-tu donc pas deviné ? murmura-t-elle.

IX

Hélène fit connaître à Édouard un bonheur que l'époux de madame de Lirvans rêvait depuis trop d'années pour beaucoup y croire. Pendant deux ou trois semaines, les réalités douloureuses de l'existence furent oubliées dans les mansardes de Passy. Les deux amis se laissaient aller à ce singulier bien-être qu'éprouvent tous ceux dont la volonté a été longtemps tendue par une lutte pénible, quand une solution définitive, fût-ce un échec, fût-ce la ruine absolue des plus chères espérances, amène enfin le repos.

Édouard jeta un matin au feu tous ses manuscrits et les regarda brûler sans émotion. Les pages dans lesquelles se résumaient tant de douleurs, tant d'humiliations, tant de rêves, ne lui disaient plus rien. Que pouvait-il exister de commun entre l'infortuné qui les avait écrites et l'heureux ami d'Hélène ?

Quand la dernière étincelle eut serpenté à travers les feuillets réduits en impalpables cendres, M. de Lirvans entraîna sa compagne au fond des bois.

Sous le ciel bleu, au bord des sources, dans la sainte liberté de la solitude, Édouard se crut à jamais inaccessible à la souffrance ; il lui semblait facile de descendre les jours avec l'insouciant abandon de l'onde ; de saluer, comme l'oiseau, par un hymne enthousiaste la naissance de chaque nouveau soleil. Vingt-quatre heures plus tard, un vulgaire détail de ménage, les murmures d'un fournisseur dont Hélène ne put solder la note, rejetèrent l'ami de madame Norlac dans le désespoir.

Édouard pouvait-il rester plus longtemps à la charge d'Hélène ; nourri, servi par elle ? Tant qu'il espérait la gloire et la fortune, sa faiblesse avait une excuse : dans sa pensée, madame Norlac partageait toujours avec lui les joies et les splendeurs de l'avenir. Mais aujourd'hui, les capitulations de con-

science seraient impardonnables, à tout prix il lui
fallait gagner son pain !

Chaque soir M. de Lirvans lisait attentivement la
quatrième page des journaux et les petites affiches ;
chaque matin, il se présentait le rouge au front (car
l'apprentissage de la pauvreté est bien rude), dans
dix maisons différentes. Partout il était éconduit.
On ne voulait de lui ni pour intendant, ni pour
précepteur, ni pour commis. Son crime, c'était la
distinction de sa personne, l'élégance de ses manières, l'élévation de son langage. Les riches ne
constatent pas sans envie la supériorité morale des
pauvres, et les maîtres n'aiment guère à prendre de
leurs inférieurs des leçons de savoir-vivre.

Le motif des fréquentes sorties d'Édouard ne fut
pas longtemps un mystère pour Hélène ; devant la
physionomie découragée de son ami, son cœur se
brisait sans qu'elle pût même tenter de consoler
cette navrante douleur.

Jonathas l'illuminé, le rêveur, qui passait au
milieu des mille complications de l'existence sans
rien voir, sans rien entendre ; Jonathas retrouvait

parfois pour comprendre les souffrances de ceux qu'il aimait, une touchante perspicacité.

— Vous souffrez ! je m'en aperçois depuis bien des jours dit-il un matin à Hélène, — je vous ai souvent prévenue que votre générosité à mon égard vous porterait malheur, continua-t-il avec une émotion profonde. Si l'on vous persécute, si l'on vous insulte peut-être, vous, la plus parfaite des créatures humaines, soyez certaine qu'il n'y a à tout cela qu'un motif ; on sait que vous vous intéressez à moi.

— Rassurez-vous, mon cher Jonathas, vous n'êtes pour rien dans ma tristesse, dit Hélène attendrie par l'affectueuse extravagance du peintre.

— Je le sens !... je le sais !... j'en suis sûr !... poursuivit l'artiste en s'exaltant. Les misérables ! ils veulent m'arracher ma dernière joie ; car ils ne me méprisent pas assez pour croire que je sacrifierai à moi, être infime et coupable, le repos, la sécucurité d'une sainte ! — Ils ont enfin réussi !... Leur complot était habilement tramé. — Me voilà seul ! seul ! éternellement seul ! criait Jonathas avec délire.

Hélène ne put supporter plus longtemps ce spectacle.

— Écoutez-moi bien, mon ami, dit-elle au peintre en lui prenant la main, et en le tenant sous son regard. — Il ne s'agit en ce moment ni de moi, ni de vous ; personne ne me persécute, personne ne songe à m'insulter. Mon chagrin très-réel cependant, a au fond la plus vulgaire des causes. M. de Lirvans désabusé de ses espérances littéraires, ne peut trouver, malgré tous ses efforts, ni position ni emploi ; le désespoir l'accable, et n'entrevois aucun terme à ses angoisses.

— Bien vrai ? s'écria l'artiste dont le regard étincela de bonheur, bien vrai, vous n'avez pas d'autre motif de tristesse ? — Jurez-le moi !

— Je vous le jurerai autant de fois que vous le désirerez, répondit Hélène.

— Rien de plus aisé à arranger, alors, je m'en charge, reprit le peintre avec un accent assuré qu'Hélène ne lui connaissait pas.

Elle crut à une nouvelle forme de démence.

— J'ai un père millionnaire, vous ne vous en

14

doutiez guère, n'est-ce pas? poursuivit le peintre en riant d'une franc rire d'enfant (il était si joyeux le pauvre Jonathas de conserver son amie.) ! Ce père, dont je n'ai jamais porté le nom, car l'orgueilleux baron Wrangel ne pouvait transmettre son titre au fils de la pauvre gitane qu'il avait rencontrée dans les rues de Grenade, sur le seuil du palais des rois Maures. — Les rois Maures dont elle était la fille!... l'héritière!... Quoiqu'ils en aient dit, ajouta Jonathas d'une voix mystérieuse.

Hélène comprit que le peintre allait se perdre en interminables divagations.

— Votre père habite-t-il Paris? demanda-t-elle.

— Depuis dix ans.

— Vous ne le voyez jamais?

— Jamais! Je lui ai interdit l'entrée de ma demeure, répondit le peintre avec énergie. — Il osait blâmer mon amour pour Virginia! Il soupçonnait cette noble enfant! — J'ai conservé ses lettres; je vous les montrerai!... Ce n'est cependant pas un méchant homme que mon père, continua le peintre, en changeant d'intonation, pendant longtemps il m'a fait parvenir plus d'argent que je n'en pouvais dépenser. Mais j'ai bientôt pénétré ses desseins, en agissant ainsi, il voulait m'humilier, me faire entendre qu'un homme incapable de gagner sa vie n'a pas le droit d'aimer ; encore moins celui de prétendre au mariage. — Je lui ai renvoyé son dernier présent en lui enjoignant d'avoir à cesser d'aussi injurieuses aumônes.

— Et vous pensez que votre père pourrait s'occuper de M. de Lirvans ? interrompit Hélène en interrogeant avec inquiétude la physionomie de l'artiste.

— Mon père peut tout ce qu'il veut, dit gravement Jonathas. Je n'ai qu'un mot à lui écrire pour qu'il donne une place à M. de Lirvans. Quelque opinion qu'il ait de moi, je le crois incapable de refuser à un fils cet insignifiant service.

— Écrivez donc tout de suite, s'écria Hélène.

Madame Norlac souhaitait trop ardemment que le peintre dît vrai pour ne pas le croire un peu.

Jonathas qui d'ordinaire différait pendant des semaines entières la réalisation de l'acte le plus simple, obéit sans retard à son amie. Quelques mi-

nutes lui suffirent pour écrire un billet très-sensé,
très-précis, dans lequel, après avoir exposé la situation de M. de Lirvans, il parlait d'Hélène en
termes respectueusement exaltés.

— Je vous conseille, dit-il à madame Norlac, après
avoir cacheté sa missive et écrit sur l'adresse: « Le
baron Wrangel, rue de la Paix » ; je vous conseille
d'aller vous-même porter cette lettre à mon père. Lui,
comme tout autre, vous accorderait sans recommandation aucune tout ce que vous pourriez lui demander, ajouta l'artiste avec un naïf enthousiasme.

Hélène fut bien près de rire d'elle-même, dès
qu'elle se trouva dans la rue.

Ce baron allemand millionnaire, cette Gypsie héritière de l'Alhambra, cet artiste sans pain distribuant
des emplois d'un trait de plume, avaient pu lui sembler un instant vraisemblables dans l'antre fatidique
de Jonathas ; mais au grand jour, entre la Madeleine
et la colonne Vendôme, au milieu des omnibus, des
habitués de la Bourse et des femmes en grande toilette, ces personnages ne lui apparaissaient plus que
comme les fantastiques héros d'un conte de fée.

Ce fut machinalement, faute peut-être de s'être donné la peine de prendre une résolution contraire à son premier dessein, que madame Norlac s'avança dans la rue de la Paix, jusqu'au numéro indiqué par l'artiste.

Elle s'arrêta pendant quelques instants, indécise, devant une vaste porte cochère.

— Entrons, se dit-elle enfin, quand ce ne serait que pour faire plaisir à mon pauvre ami.

— Le baron Wrangel? demanda-t-elle au concierge écoutant d'avance la réponse qu'elle prévoyait.

Au premier, l'escalier à gauche, répondit le fonctionnaire domestique.

Hélène monta l'escalier, sonna, et fut introduite par un superbe chasseur dans le cabinet de travail du baron.

Le père de Jonathas était un homme d'une soixantaine d'années, encore beau sous ses cheveux blancs, digne et courtois dans ses manières. Hélène surprit sur sa physionomie une expression de véritable attendrissement pendant qu'il parcourait la lettre de l'artiste.

14.

Au moment où le baron se retournait vers madame Norlac, un jeune homme de vingt-six à vingt-huit ans, brillant, plein d'assurance, entra sans se faire annoncer.

— Permettez-moi, madame, de vous présenter mon fils, dit le baron à Hélène, en lui désignant le nouveau venu.

Hélène entrevit alors les douleurs qui avaient tué l'amour filial dans l'âme de l'enfant dédaigné, douleurs si bizarrement travesties par l'imagination du peintre.

— J'aurai l'honneur, madame, d'aller vous remercier sans tarder, des soins que vous avez bien voulu donner à mon fils, dit le baron Wrangel à Hélène, après lui avoir adressé plusieurs questions sur l'état moral de Jonathas. Quant à la personne qui m'est recommandée dans cette lettre, je ne puis savoir encore s'il me sera possible de faire quelque chose pour elle.

Pendant trois mortelles journées, Hélène attendit vainement une visite ou une lettre du père de Jonathas. Si Édouard avait été moins préoccupé lui-même, il n'aurait pu manquer de remarquer l'anxieuse impatience que trahissaient les paroles et les discours de son amie.

Vers le soir du quatrième jour, une lettre, adressée à M. de Lirvans, arriva à Passy.

Après l'avoir lue, Édouard la remit entre les mains d'Hélène, en lui déclarant qu'il n'y comprenait absolument rien.

Le baron Wrangel engageait M. de Lirvans à passer chez lui dans la journée du lendemain. Il avait, disait-il, d'importantes propositions à lui soumettre.

Il fallut bien qu'Hélène avouât à M. de Lirvans les démarches qu'elle s'était permises en son nom.

Sans songer un seul instant à l'immense service que lui rendait madame Norlac, Édouard se montra profondément blessé de la dissimulation de sa compagne. Hélène lui cachait, depuis cinq journées, ses actions et ses pensées; l'aveugle confiance qu'il avait placée jusqu'ici en elle, en resterait, affirmait-il, ébranlée pour toujours. Les plus pressantes supplications furent nécessaires pour déterminer M. de Lirvans à accepter le rendez-vous du baron.

Le père de Jonathas offrit à Édouard l'administration en chef d'une mine située dans le midi de l'Espagne. En homme d'affaires émérite, le financier n'avait voulu prendre aucun engagement envers Hélène, avant de s'être procuré des renseignements positifs sur M. de Lirvans. Sachant aujourd'hui de bonne source que le protégé de son fils était un homme de cœur et d'intelligence, bien né et porteur d'un nom aristocratique, il lui convenait fort d'envoyer en Andalousie un semblable représentant.

Édouard revint ivre de joie dans les mansardes de Passy.

— Il était donc écrit que je te devrais tous les bonheurs, sans exception, s'écria-t-il en tombant dans les bras d'Hélène.

Le pauvre Jonathas se montra d'abord très-heureux du succès de sa combinaison ; mais sa satisfaction se transforma bien vite en une tristesse morne, quand il apprit qu'Hélène allait suivre Édouard en Espagne.

— Que vais-je donc devenir, moi, si vous m'abandonnez? répétait-il avec un égoïsme naïf.

— Venez avec nous à Séville, répondit Hélène.

L'artiste confessa. qu'un voyage dans la terre classique du catholicisme avait été longtemps son rêve. L'Espagne était, disait-il, et il disait vrai, le seul pays de l'Europe qui, de nos jours, conservât dans ses monuments, dans les coutumes et dans la physionomie de ses habitants, une couleur locale fortement accentuée ; et puis, ajoutait-il, la splendide province arrachée jadis par la trahison à son ancêtre Boabdil, pouvait être considérée par lui comme sa véritable patrie. Mais par quel moyen se procurer la somme fabuleuse que nécessiterait l'exécution d'un tel projet?

Cette objection ne sembla point insoluble à Hélène.

Lorsque le baron Wrangel vint lui rendre visite, elle lui confia sans hésitation les embarras pécuniaires de Jonathas. La réponse du baron confirma de point en point l'étrange récit qu'avait fait, un mois auparavant, le peintre à son amie.

—Il faudrait inventer quelque ruse, dit tristement

M. de Wrangel à Hélène, car tout argent venant de
moi sera repoussé par mon fils avec de furieuses
colères.

La jeune femme se prétendit chargée par une
amie très-riche, habitant la province, de lui expé-
dier à tout prix des ouvrages de Jonathas. Trois
esquisses oubliées depuis longtemps dans un coin
de l'atelier furent envoyées rue de la Paix, et l'heureux artiste reçut en échange, sans l'ombre d'un
soupçon, quinze billets de mille francs.

Il ne restait plus qu'à préparer les bagages. Madame Norlac vit alors éclater un désespoir qu'elle
n'avait pas prévu. A la seule pensée de perdre sa
maîtresse, Virginia fondit en larmes. La pauvre
fille venait de subir deux épreuves cruelles. Sa mère
fut emportée en quelques heures par un coup de
sang, et bien que Virginia n'eût guère à se louer des
procédés de la vieille femme, elle la pleura amèrement; car les âmes incultes ressentent avec une
vivacité inconnue aux natures cultivées, les affections qui tiennent au sang, à la fatalité de la naissance.

Une injure imméritée déchira vers la même époque le cœur de la pauvre fille.

Au moment où la mort de sa mère allait lui permettre de donner à son amour la sanction du mariage, l'ébéniste lui annonça qu'il prétendait faire, comme tous ses amis, son tour de France. Malgré les larmes de sa fiancée, Auguste partit bientôt en promettant d'écrire au moins toutes les semaines. Virginia attendit pendant un long mois quelques lignes si froides, si embarrassées, qu'elle se répandit en reproches.

La réponse de l'ébéniste fut apportée par un de ses camarades, qui entra un matin d'un air dégagé chez Virginia. Après de banales plaisanteries sur les ennuis de l'absence, Auguste recommandait son ami à sa fiancée. « Ce garçon a dix fois plus d'argent et de sagesse que moi, écrivait-il en terminant; s'il t'aime, tu gagneras au change. »

Au courant, sans aucun doute, du contenu de la missive dont il était porteur, le camarade de l'ébéniste voulut appuyer la recommandation par quelques compliments. Sans lui répondre, Virginia,

bléme de désespoir et de fureur, jeta hors de sa
chambre tous les menus présents que lui avait faits
son amant, puis d'un geste impérieux, elle congédia
l'ami d'Auguste.

— Que deviendrai-je à Paris, quand vous n'y.
serez plus? répétait la pauvre fille à madame Norlac. Il vous faudra bien une femme de chambre
là-bas; laissez-moi vous suivre en Espagne. La
vente de mon mobilier payera, et au delà, mes frais
de route.

Sans Jonathas, Hélène n'aurait pas un seul instant hésité à emmener avec elle sa jeune protégée.
Mais le voisinage constant de Virginia n'éteindrait-
il pas les dernières lueurs de raison qui brillaient
encore dans le cerveau du mélancolique amoureux?

Tandis que madame Norlac, fondant quelques espérances de guérison sur un changement complet
d'habitudes et de climat, aurait déjà voulu voir le
descendant des rois Maures à Séville, Jonathas
lui-même semblait songer de moins en moins à.
l'Espagne.

— J'ai le temps... nous verrons,... répondait-il

avec indifférence, quand on le pressait d'emballer ses toiles, ses pinceaux.

— Il est impossible que je parte, dit-il enfin à Hélène avec résolution ; il serait indigne d'abandonner une malheureuse enfant qu'on accable de mépris et d'outrages, parce qu'elle est aimée de moi. Je souffrirai cruellement de ne plus vous voir, Hélène, continua l'artiste en serrant la main de madame Norlac ; mais avant le bonheur, le devoir. *Elle* reste à Paris, j'y resterai !...

— Et si elle nous accompagnait en Espagne ? hasarda Hélène.

Les yeux du peintre s'illuminèrent.

— Oh ! alors ! cria-t-il hors de lui.

Puis se reprenant avec découragement :

— Alors, il me faudrait rester ici. Quitter la France en même temps qu'*elle*, ne serait-ce pas encore la compromettre ?

Entrevoyant enfin que le culte de l'artiste pour Virginia ne ressemblait en rien à l'amour des autres hommes, Hélène déploya toutes les ressources de son esprit pour calmer les scrupules du peintre.

15

Le succès de ses arguments fut complet. Huit jours après cette conversation, le chemin de fer du Midi emportait les quatre habitants de Passy vers le paquebot qui devait les conduire à Cadix.

X

Quelques personnes étaient rassemblées, trois ans plus tard, dans un élégant salon de la rue d'Amsterdam. On causait en attendant l'heure du dîner.

— Elle m'a sauvé la vie, l'honneur peut-être, je lui dois tout, disait le maître de la maison, qui n'était autre que M. de Lirvans, à son vieil ami Duval, en lui désignant Hélène, assise en ce moment près du baron Wrangel.

— Je crois avoir aperçu une fois madame Norlac à Passy : sa beauté m'avait fasciné, répondit le colonel.

— Sa beauté n'est plus rien pour ceux qui connaissent son âme, reprit Édouard en jetant sur madame Norlac un regard qui n'était peut-être pas tout à fait d'accord avec les paroles qu'il prononçait. Vous ne pouvez soupçonner ce qu'est cette femme pour ceux qui vivent à côté d'elle; pour tous sans exception.—On a versé des larmes à Séville le jour de son départ.

— J'espère que madame Norlac voudra bien me recevoir quelquefois, moi l'un de vos plus anciens amis, répartit le colonel. — Savez-vous mon cher Lirvans qu'on ne voit guère aujourd'hui d'amitié comme la nôtre, ajouta Duval, qui oubliait complétement au premier étage de la rue d'Amsterdam, les mansardes de la rue Dauphine et de Passy. Si vous vous fixez définitivement à Paris, je changerai d'appartement pour me rapprocher de vous.

— Il est certain que je ne retournerai plus en Espagne, répondit Édouard. Le baron a signé hier le traité de vente de sa mine et m'offre à Paris une position qui me vaudra bien près de 20,000 francs par an.

— Heureux mortel ! s'écria Duval.

M. de Wrangel fils, s'approcha en ce moment d'Édouard, un album ouvert à la main.

— Ce croquis est-il aussi de Jonathas ? demanda-t-il en indiquant une *Posada* ruinée, qui gardait l'étroit défilé d'une *Sierra*.

— Tous les dessins que contient cet album sont de lui, répondit tristement M. de Lirvans.

On vint annoncer le dîner. Le baron Wrangel offrit son bras à Hélène et les convives passèrent dans la salle à manger.

Le repas fut très-gai. La beauté d'Hélène, sa gracieuse bienveillance, son esprit enjoué, auquel un séjour prolongé dans la brûlante et pittoresque Andalousie avait ajouté une pointe d'originalité exotique, enchantèrent ses anciennes connaissances parisiennes.

La conversation roula presque exclusivement sur l'Espagne.

Le baron Wrangel qui avait longtemps habité ce pays se montrait peu indulgent envers lui.

— Les lieux communs qui s'impriment, se dessinent et se chantent sur les différentes nations, ne trompent pas, disait-il. — Derrière les vitrines des marchands de romances ou sur les murs des chambres d'auberge, l'Espagne, en tout royaume européen, apparaît incarnée dans trois types invariables : le moine, la danseuse et le muletier. Eh ! bien, quand on a parcouru l'Espagne dans tous les sens, qnand on l'a étudiée sous toutes ses faces, on reste convaincu que sur cette terre déchue (malgré les efforts de quelques hommes d'intelligence), tout ce qui n'est pas inquisition est cachucha, et tout ce qui n'est pas cachucha est inquisition ; lesquelles institutions nationales fonctionnent au milieu d'un nombre indéfini de mulets et de muletiers.

Hélène tempérait la sévérité de ce jugement paradoxal en affirmant qu'elle avait souvent rencontré en Espagne, chez les femmes surtout, une énergie de caractère et des facultés de dévouement bien rares, sinon inconnues en France.

Dès qu'on se retrouva dans le salon, le baron Wrangel prit Hélène à part, pour lui demander une fois de plus des détails sur les derniers moments de Jonathas.

La prévoyante amitié d'Hélène n'avait pu prévenir la castatrophe qui devait, presque inévitablement dénouer les amours si purement romanesques de l'artiste.

Bien que Virginie remplit en réalité des fonctions de femme de chambre, l'amitié de madame Norlac, secondée par l'incroyable égalité des mœurs méridionales, diminuait singulièrement la distance qui existe, d'ordinaire, entre une soubrette et sa maîtresse.

Jonathas eut donc des occasions fréquentes de voir de près sa bien-aimée et de s'entretenir avec elle. Ces relations journalières avec une fille peu jolie, ignorante et triviale auraient amené chez tout autre que notre artiste une désillusion absolue. Les extraordinaires facultés d'idéalisation du peintre ne faiblirent pas dans cette épreuve. Plus que jamais Jonathas adora les perfections physiques et morales dont il s'était plu à doter Virginie.

Les premiers mois de son séjour à Séville, furent

pour lui des mois de bonheur. Il n'était plus question de l'ébéniste, et Virginia, encore affligée par
le souvenir de l'affront qu'elle en avait reçu, sur-
veillée d'ailleurs par Hélène, ne donnait aucune
prise à la médisance. Le moment arriva, pourtant,
où les instincts de la jeune fille, sollicités par le
climat et par les licencieuses habitudes de l'Andalousie, se réveillèrent avec une irrésistible force.
Passionnée pour les combats de taureaux, l'idole
de Jonathas s'éprit follement d'un *picador*. La vive
affection et le respect que lui inspirait madame
Norlac la retenaient, à grand peine, dans les limites
de la prudence.

Autorisée par les traditions du pays, elle causait
cependant toutes les nuits avec le beau Pablo ; elle,
assise derrière la grille qui protége, en Espagne, les
croisées du rez-de-chaussée ; le *picador*, accoudé
sur l'appui extérieur de la fenêtre.

Une nuit, Jonathas s'étant par hasard attardé, se
rapprocha de la maison habitée par ses amis, au
moment même où l'amoureux de Virginia arrivait à
son rendez-vous nocturne. En grande conversation

déjà avec la jeune Française, le picador s'empressa de traverser la rue dès qu'à son étrange tournure il reconnut le peintre. Mais Jonathas, continuellement préoccupé de Virginia, ayant remarqué cette manœuvre, ne mit pas un seul instant en doute que sa bien-aimée ne fût de nouveau en butte à d'odieuses persécutions. Au lieu de rentrer dans la maison, il s'appuya contre la grille derrière laquelle la jeune fille se tordait les mains de colère, bien résolu à défendre à tout prix la vertu de Virginia. Pendant au moins une heure, l'artiste surveilla les moindres mouvements du picador, qui, attendant toujours la retraite de l'importun, faisait le guet à l'angle de la rue. N'y tenant plus, l'impétueuse grisette parisienne ouvrit brusquement la porte de la maison et s'élança vers Pablo. Jonathas se trouva en même temps qu'elle auprès du picador; il saisit par l'épaule l'amoureux de Virginia et le rejeta violemment loin de la jeune fille.

— Laissez Pablo, je vous l'ordonne! — cria Virginia.

— Vous vous repentirez peut-être un jour de

votre générosité, répondit le peintre en obéissant.

— S'il me plaît d'aimer Pablo, personne n'a le droit de m'en empêcher, reprit la violente créature; et, comme pour braver le peintre, Virginia se jeta dans les bras du picador.

— L'infâme! murmura Jonathas, l'infâme!...

Cette épithète ne s'adressait pas à Virginia... Jonathas était en ce moment complétement fou. Il rentra dans la maison, monta en courant l'escalier, entra dans la chambre de madame Norlac qui lisait étendue sur un divan, et tirant de sa poche un couteau poignard, il frappa Hélène à plusieurs reprises en criant toutes ses forces.

— Tu l'as livrée! tu l'as vendue! l'heure de la justice a sonné. Meurs!

Accouru au bruit, M. de Lirvans se jeta sur Jonathas. Mais, avant qu'Édouard eût réussi à le désarmer, le pauvre insensé s'était donné à lui-même plusieurs coups de couteau vers la région du cœur.

Les blessures d'Hélène n'avaient aucune gravité. La généreuse femme oublia ses souffrances pour soigner son meurtrier. Après une agonie de quatorze heures, Jonathas, mourut sans avoir proféré un seul mot.

Les gens de la maison prétendirent avoir vu apparaître Virginia dans la chambre où s'éteignait le malheureux artiste. Quant à Hélène, elle n'aperçut point la jeune fille et, à partir de cette nuit fatale, elle perdit absolument ses traces.

— Merci, merci mille fois, dit le baron Wrangel avec une émotion profonde, lorsque madame Norlac eut achevé son douloureux récit, merci d'avoir adouci les derniers jours et recueilli les derniers soupirs de mon malheureux enfant !

Il y avait certainement du remords dans cette vive reconnaissance.

— Vous convient-il de débuter, lundi prochain, dans vos nouvelles fonctions ? dit le baron à M. de Lirvans, avant de quitter la rue d'Amsterdam.

— Je suis absolument à vos ordres, monsieur le baron, répondit l'heureux Édouard.

— C'est toi que je devrais remercier, toi, mon bon génie, ma Providence, s'écria M. de Lirvans en serrant les mains d'Hélène, dès que les deux amis se trouvèrent seuls. C'est à toi, sois-en certaine, à toi et non à moi, que le baron Wrangel accorde cette place tant convoitée.

— Quelle folie! répondit Hélène en souriant. L'opinion d'Édouard se rapprochait pourtant beaucoup de la vérité.

Il fut résolu, ce soir-là, qu'Hélène partirait le lendemain pour Moulins. Après une absence aussi longue, elle voulait revoir les chères tombes qu'elle y avait laissées. Les rosiers plantés par elle autour de son petit Jean avaient déjà péri, peut-être, faute de soins?

Le surlendemain la Sainte Thérèse de l'Allier, l'illustre madame Lecamus manqua la messe. Au moment où elle allait poser le pied sur la première marche de l'église, elle aperçut madame Norlac, qui, à peine arrivée à Moulins, se dirigeait vers le cimetière.

L'histoire d'Hélène, intimement mêlée depuis longtemps à celle de M. de Lirvans, avait causé trop d'émotion dans le chef-lieu pour que l'appari-

tion soudaine de madame Norlac ne fût pas considérée, par toute habitante de Moulins, comme un
événement important.

Madame Lecamus, l'amie, la conseillère intime
de madame de Lirvans, se crut, en cette grande
circonstance, des devoirs particuliers à remplir. Au
lieu d'entrer dans le saint lieu, elle courut chercher
l'abbé Choineau et mademoiselle Niquel. Flanquée
de ses deux acolytes, elle se présenta avec solen-
nité chez Anaïs.

Ces quatre personnes tinrent longuement conseil;
mais comme depuis trois années au moins, aucune
d'elles n'avait recueilli le plus petit détail sur l'existence d'Édouard et d'Hélène, il leur fut assez difficile de conclure.

— Vous dites que cette femme était bien mise?
demandait madame de Lirvans.

— Admirablement! Une magnifique robe de soie
noire, une pelisse garnie de dentelles et un chapeau
tout neuf à dix heures du matin.

— Elle aura planté là M. Édouard dès qu'elle se
sera convaincue que ses écrivasseries ne lui rap-

porteraient jamais un sou, dit mademoiselle Niquel avec son énergie accoutumée.

—Puisque les hommes n'aiment que ces créatures, il n'est pas mauvais qu'ils soient de temps en temps leur dupe, ajouta aigrement Anaïs.

— Si les unions illégitimes étaient heureuses et durables, que deviendraient la religion et la morale ? fit observer l'abbé Choineau.

La judicieuse madame Lecamus coupa court à ces divagations.

—Avant tout il faudrait savoir, dit-elle, où en sont les affaires de M. de Lirvans : j'ai à Paris des amis incomparables auxquels je vais écrire par le plus prochain courrier.

Madame Lecamus n'exagérait en rien l'habileté de sa police secrète. Deux jours plus tard, elle recevait sur M. de Lirvans et sur Hélène des renseignements circonstanciés. On lui racontait, avec une minutieuse exactitude, les déceptions littéraires d'Édouard, son voyage en Espagne, sa position actuelle à Paris. Le chiffre exact de ses appointements n'avait pas été omis. On reconnaissait, qu'après avoir été sauvé du suicide et préservé de la misère pendant deux années, par le dévouement d'Hélène, Édouard devait encore à madame Norlac son heureux changement de fortune.

Jonathas et le baron Wrangel avaient aussi leur dossier parfaitement en règle.

Ce précieux document fut lu, relu et commenté par madame de Lirvans et ses conseils.

— Il n'y a pas à hésiter un seul instant, répétait madame Lecamus à Anaïs. Vous vous devez à vous-même ; vous devez surtout à votre fille, bientôt en âge d'être mariée, d'aller reprendre dès aujourd'hui votre place d'épouse auprès de M. de Lirvans. Dans la position officielle qu'occupe maintenant votre mari, une plus longue séparation serait un scandale public.

— Cette dame Norlac n'est donc plus avec M. Édouard ? hasarda l'abbé Choineau.

— Qu'importe ! reprit avec fermeté madame Lecamus. Notre amie n'est pas une maîtresse qui va disputer un amant à sa rivale ; c'est une femme légitime qui a des droits à faire valoir. Dès que

M. de Lirvans peut matériellement recevoir sa
femme chez lui, il y est obligé par les lois divines
et humaines. N'est-ce pas, l'abbé? ajouta la directrice de madame de Lirvans, bien plus par déférence pour le costume de l'abbé Choineau que par
respect pour sa science.

—Incontestablement, repartit l'excellent homme.
La femme mariée qui refuserait d'habiter avec son
mari serait responsable, devant Dieu, des attentats
possibles de l'époux contre la fidélité conjugale.

— Que faire alors? dit Anaïs.

La perspective d'une lutte quelconque épouvan-
tait singulièrement son apathie.

Madame Lecamus le devina. La situation difficile
et bizarre dans laquelle se trouvaient vis-à-vis l'un
de l'autre M. et madame de Lirvans, faisait de leur
réconciliation une œuvre pie à la hauteur de ses
talents. Elle résolut de s'y dévouer tout entière.
Il ne faudrait pas non plus mettre en oubli que la
sainte femme possédait un fils à marier, auquel
elle destinait depuis longtemps mademoiselle de
Lirvans.

— Partez immédiatement, répondit-elle, sans hésitation aucune, à la question d'Anaïs. La Providence vous vient en aide en envoyant ici cette femme. Il faut qu'avant son retour à Paris vous soyez installée chez votre époux. *Elle* passera d'ailleurs à Moulins encore plus d'une semaine. Les travaux qu'elle fait faire à la tombe de son mari sont loin d'être achevés.

— L'hypocrite! dit mademoiselle Niquel, dont l'intelligence se refusait absolument à admettre la possibilité d'un bon sentiment chez madame Norlac.

— Mais comment vais-je être reçue par Édouard? objecta encore madame de Lirvans. Ne vaudrait-il pas mieux lui écrire d'abord quelques lignes, pour lui faire comprendre ses torts envers moi, envers sa fille, pour le rappeler à ses devoirs?...

— Nous partirons ensemble, ce soir même, repartit madame Lecamus. Je vous indiquerai en route la marche à suivre dans la délicate épreuve que vous traversez... Ne différez pas d'une seconde vos préparatifs de voyage; car, à six heures son-

nant, nous devons nous retrouver dans la gare
du chemin de fer, et de longtemps vous ne reviendrez à Moulins. Inutile de vous dire qu'il faut
emmener votre fille.

— Vous êtes une femme incomparable, une vraie.
Mère de l'Église! s'écria l'abbé Choineau enthousiasmé par une soudaineté de résolution dont il se
sentait incapable.

Anaïs suivit de point en point le programme qui
lui fut tracé par madame Lecamus. Un beau matin,
elle tomba chez son mari avec sa fille et ses malles.
Sans explications, sans pleurs, aussi simplement
que si Édouard l'avait quittée la veille, elle lui annonça qu'elle venait passer quelques semaines à
Paris, pour sa santé. Où les natures expansives et
passionnées se perdraient, les natures calculées et
flegmatiques triomphent. Édouard ne sut rien opposer à cette calme revendication des prérogatives
conjugales. Comme cela arrive trop souvent, ses
qualités lui nuisirent en cette circonstance. Devant
une femme qui se disait souffrante, en face d'une
enfant sans malice et sans défense, sa bonté, sa

tendresse de cœur, contribuèrent à lui inspirer une conduite horriblement ingrate et coupable envers Hélène.

Un instant, cependant, il se révolta. Après avoir parcouru l'appartement en souveraine, madame de Lirvans fit porter ses malles dans la chambre qu'elle jugea devoir être celle d'Hélène.

— Cette autre chambre vous conviendrait beaucoup mieux, dit Édouard tremblant de remords et de colère, en désignant sa chambre à lui.

— Je préfère celle-ci, répliqua séchement Anaïs.

Et elle se mit à ranger ses vêtements dans les tiroirs d'Hélène.

Logée dans un hôtel à quelques pas de là, madame Lecamus dirigeait, dans le plus grand mystère, toutes les démarches de madame de Lirvans.

Par son conseil, Anaïs ne témoigna point à son mari une tendresse trop inusitée pour ne pas sembler suspecte, tendresse d'ailleurs, à laquelle ni la personne, ni les allures d'Anaïs n'auraient prêté un bien grand charme. Ce fut par l'intermédiaire de sa fille que madame de Lirvans s'efforça d'établir solidement son empire sur l'âme d'Édouard.

Louise venait d'avoir quinze ans ; elle était
frêle, douce et naïve. L'existence froide et monotone qu'elle menait à Moulins et, plus encore le
despotisme mesquin de sa mère, avaient tellement
comprimé ses instincts, qu'à première vue elle
semblait insignifiante ; mais on soupçonnait bientôt
en l'observant que, dans un milieu plus libre et
plus chaud, des qualités charmantes pourraient se
développer chez elle.

La jeune fille, sans s'en douter, seconda à merveille les combinaisons de madame Lecamus. Elle
se prit pour M. de Lirvans d'une affection si vive,
qu'Édouard étranger jusque-là aux joies de la pa-
ternité, s'étonnait parfois d'oublier tous ses remords
et toutes ses anxiétés auprès de son enfant. Le jour
vint cependant où Hélène annonça son retour. Madame de Lirvans se portait à merveille, ne voyait
jamais de médecin, et ne parlait pas de départ. —
Quand cela finirait-il ? — Quel parti prendre ?...
Vingt fois Édouard saisit une plume pour avouer
toute la vérité à son amie ; vingt fois la plume lui

retomba des mains. Selon la coutume des êtres faibles; il voulut gagner du temps. « J'ai fait repeindre les persiennes de l'appartement et dans l'intérêt de votre santé, je vous supplie de rester, pendant quelques jours encore, loin de Paris » écrivit-il enfin après une nuit d'angoisse.

Ce grossier mensonge ne pouvait abuser un seul instant Hélène. — « Édouard était malade, mourant peut-être et il voulait le lui cacher, » ce fut la seule pensée de la jeune femme, en lisant cette lettre si longtemps attendue.

Elle se fit immédiatement conduire au chemin de fer.

Vers dix heures du soir, Hélène arrivait rue d'Amsterdam, si préoccupée de la santé d'Édouard, qu'elle ne remarqua ni le regard malicieux que lui lança la concierge, ni la physionomie bouleversée du domestique qui lui ouvrit la porte de l'appartement. Sa chambre à elle, précédait celle d'Édouard; elle en ouvrit vivement la porte et se trouva en face de madame de Lirvans.

Cette péripétie avait été prévue, discutée, réglée

par madame Lecamus. Anaïs ne s'en montra donc
pas trop troublée.

— Veuillez venir tout de suite ici, mon ami,
cria-t-elle, sans interrompre la toilette de nuit
qu'elle achevait en ce moment. « Surtout soyez en
tiers dans leur première entrevue, avait dit la conseillère. »

Édouard se fit un peu attendre. Pendant ces
quelques secondes, Anaïs eut la joie de tenir Hélène tremblante, confondue, sous son regard
chargé de haine.

Dès le seuil de la chambre, Édouard poussa un
cri déchirant.

— Pardon, Hélène ! pardon ! s'écria-t-il en se
voilant les yeux de la main.

— Mon pauvre Édouard ! s'écria Hélène en s'é-
lançant instinctivement vers son ami.

Anaïs vit M. de Lirvans embrasser les mains de
madame de Norlac avec une passion insensée.

Elle quitta à l'instant même l'appartement pour
y rentrer bientôt, accompagnée de Louise. Ainsi
l'avait décidé madame Lecamus.

— Ne m'enlevez pas mon père, madame ; laissez-moi mon père !... répétait la pauvre enfant en pleurant à chaudes larmes.

L'égoïsme de l'amour ne tint pas dans le cœur d'Hélène coutre les larmes de cette enfant.

— Adieu, Édouard, adieu ! dit-elle d'une voix raffermie en se rapprochant de la porte.

Dominé par la présence de sa fille, Édouard demeurait immobile, comme pétrifié. Ses yeux suivaient les mouvements de madame Norlac avec une stupidité morne.

Hélène allait quitter la chambre. Madame de Lirvans triomphait ; mais sa méchante nature lui fit commettre, en ce moment, une faute grave.

— Demandez donc à cette dame combien d'argent vous restez lui devoir pour vos deux annéés de pension ? dit-elle avec insolence en s'adressant à son mari.

Édouard bondit sous ces honteuses paroles. Oubliant complétement sa fille, il s'élança à la poursuite d'Hélène, qui ne daigna même pas retourner la tête vers Anaïs. La voiture qui avait amené madame Norlac se trouvait encore devant la porte de la maison, M. de Lirvans y fit entrer précipitamment son amie et prit place à côté d'elle.

XI

L'irritation de madame Lecamus fut à son comble quand elle apprit l'issue funeste d'une scène si savamment et si minutieusement combinée pour amener une autre fin.

Anaïs s'étant bien gardée d'avouer à sa directrice spirituelle le trait final qu'elle avait ajouté de son crû à des instructions très-précises, la sainte Thérèse de Moulins soupçonna madame Norlac d'avoir usé de toute son influence sur Édouard pour l'arracher à sa famille, elle ne mit pas du moins en doute la détermination arrêtée chez Hélène de conserver à jamais le cœur de M. de Lirvans, et,

avec ce cœur, les grands avantages matériels de sa
position actuelle.

Huit jours, quinze jours, trois semaines s'écoulèrent, sans apporter rue d'Amsterdam la moindre
nouvelle d'Édouard. La situation d'Anaïs à Paris
devenait sérieusement embarrassante. Lancée, dès
les premiers moments, à la recherche des fugitifs,
les habiles agents de madame Lecamus y perdaient
cette fois leur temps et leur peine. Madame de Lirvans parlait de s'adresser au baron Wrangel ; sa
conseillère l'en détourna. Le père de Jonathas ne
pouvait manquer de prendre, en tout et pour tout,
les intérêts d'Hélène.

Un soir, les deux amies encore assises à table,
venaient de mettre en délibération le retour à Moulins, quand M. de Lirvans, sombre, les traits con-
tractés, livide, apparut dans la salle à manger.
Sans adresser une seule parole à sa femme, il se
fît servir à souper, puis se retira dans sa chambre.
Le lendemain, Édouard sortit dès les premières
heures de la matinée pour ne rentrer qu'à minuit.
Cette manière d'agir devint chez lui une habitude

journalière. Sa fille, elle-même, n'avait plus le pouvoir de lui arracher une parole d'affection ou un sourire.

Madame Lecamus était loin de s'en affliger. Après s'être servie de Louise comme d'une amorce pour faire supporter à Édouard la présence de sa femme, elle avait, un instant, redouté que la vive tendresse du père pour son enfant ne vînt menacer ses projets matrimoniaux.

— Tout va pour le mieux, disait-elle à Anaïs. Profitez d'un état de prostration morale, qui pourrait bien ne pas pas toujours durer, pour établir solidement votre domination intérieure.

Les domestiques, choisis par Hélène, furent renvoyés et remplacés par les créatures de madame Lecamus : des images de dévotion prirent la place des peintures de Jonathas, sans que M. de Lirvans semblât s'en apercevoir. Louise, un instant vivifiée par la tendresse d'Édouard, retomba plus que jamais sous la froide tyrannie de sa mère. Pour unique distraction, on la conduisait de la grand'-Messe aux Vêpres et des Vêpres au Sermon ; d'insi-

pides compilations mystico-religieuses composaient
toute sa bibliothèque ; la couleur et la forme de ses
vêtements semblaient inventées exprès pour l'enlai-
dir. Née avec des instincts de liberté, de poésie,
d'élégance, et ne pouvant, à Paris comme à Moulins, échapper aux séductions de l'existence mondaine par une réclusion absolue, la jeune fille en
arriva bientôt à envier les cachemires et les plumes
traditionnelles des jeunes mariées qu'elle rencon-
trait à l'église ou dans la rue. Les compliments et
les bouquets du gauche et vulgaire Symphorien, depuis longtemps appelé à Paris par sa mère, lui cau-
saient même dans le néant de tendresse et de plaisir
où on la laissait vivre, d'assez profondes émotions.

Un seul souci troublait la joie intime de madame
Lecamus. Que devenait Hélène ? La pensée que madame Norlac pouvait s'être cachée dans quelque
faubourg de Paris, pour y attendre dans la solitude
d'une existence obscure les visites de M. de Lirvans,
cette pensée lui traversa la tête mais ne s'y enracina
point. Elle croyait peu à de tels dévouements.
Prêtant volontiers aux autres ses propres calculs,

elle se persuada qu'Hélène tentait, par des rigueurs habilement prolongées, d'exercer une pression sur le cœur de M. de Lirvans, pression ayant pour but de déterminer Édouard au sacrifice complet et définitif de sa femme et de son enfant. L'abattement, l'anxiété actuels de l'époux d'Anaïs s'expliquaient parfaitement ainsi.

Toutes les lettres adressées à M. de Lirvans, étaient soumises à un examen rigoureux. Pendant quatre mois, ni le timbre, ni le papier, ni l'écriture des missives ne semblèrent mériter aux yeux de madame Lecamus, qu'Anaïs s'exposât aux périls possibles d'un bris de cachet.

La prudente directrice de conscience se décida cependant, un matin, à ramollir la cire qui fermait l'enveloppe d'une lettre, tout simplement timbrée de Paris, mais recouverte d'une écriture de femme, évidemment enlaidie à dessein.

Une exclamation de triomphe suivit de près la délicate opération, et madame Lecamus lut à haute voix les lignes suivantes, qu'Anaïs appuyée sur l'é-paule de sa conseillère, suivait avidement des yeux.

« 15 juin. Bagnères de Bigorre.

» Ai-je besoin de vous expliquer, Édouard, écrivait Hélène, pourquoi je suis partie subitement, sans vous faire d'adieux, sans vous confier mes projets. Combien d'adieux nous étions-nous déjà faits, sans trouver la force de nous quitter! L'avez-vous remarqué, Édouard, depuis la funeste nuit de mon retour à Paris, il nous a été impossible de passer un quart d'heure ensemble sans parler de séparation? Que nous manquait-il donc pour être heureux au fond de cette superbe forêt de Compiègne? Hélas! il nous manquait l'enthousiasme réciproque, la foi en des jours indéfinis de bonheur. Tout ce qui fait la grandeur de l'amour. Où étaient-elles, nos joyeuses et interminables causeries d'autrefois? Quels silences anxieux! quelles froideurs invincibles succédaient aux rapides illusions de la passion! Que de fois, tu l'as bien deviné Édouard, que de fois mon cœur encore appuyé contre ton cœur s'est gonflé de sentiments violents

et amers ! Que de fois mes lèvres, après avoir cherché les tiennes, se sont détournées, froides et dé-
daigneuses de tes baisers ! Je me rappelais alors (je
ne l'aurais, crois-le bien, jamais oublié comme ton
amante), que dans ta demeure, dans la mienne, tu
m'avais reçue en étrangère, tu m'avais laissé insulter ! — Pardon, mille fois pardon, de ranimer
le souvenir de ces instants d'angoisse. — Devenue
aujourd'hui ton amie, je te juge avec ma raison, et
ma raison te comprend et t'excuse ; mais à l'amour
qu'importe la raison ? Une tache à son soleil ; un
nuage à son ciel ; et le charme s'est envolé. Où nous
auraient conduits la prolongation d'une telle
épreuve ? Au mépris de nous-mêmes, au désespoir ;
à une haine mutuelle peut-être. Tu le reconnais
maintenant, Édouard ; tu m'as pardonné ma fuite !
Il fallait, fût-ce au prix des plus cruelles souffrances, il fallait nous séparer !

» Êtes-vous heureux ? ne parlons pas de bonheur.
— Êtes-vous calme ? faites-vous quelque bien autour de vous ? dirigez-vous les sentiments et l'intelligence de votre fille ? vous préoccupez-vous de son

16.

avenir ? — Pendant plusieurs semaines, pourquoi vous le cacher ? j'ai été, moi, égoïste et lâche ; je me complaisais dans mes regrets et dans de vains attendrissements sur ma destinée ; je me considérais comme une victime exceptionnelle de la faiblesse des hommes les meilleurs (car je n'ai jamais méconnu votre cœur, Édouard), devant les préjugés sociaux.

» Je le sais maintenant, je le vois de près chaque jour ; il y a, mon ami, de plus rigoureuses épreuves, de plus douloureux sacrifices que le nôtre.

» Une femme avait dix-huit ans, une famille honorée, un époux de vingt-cinq ans qu'elle adorait et un fils au berceau ; plus, un autre enfant adopté par elle, chétive et triste créature, née d'un amour précoce et malheureux du mari. La jeune femme possédait en outre une grande beauté ; le mari, une fortune considérable. Une nuit, le feu prit, ou fut mis par une main malveillante, à la maison habitée par les heureux époux ; cette maison était située au milieu d'un chantier de constructions maritimes, représentant l'héritage, l'avenir, la richesse actuelle du mari. Tous les bâtiments d'habitation, tous les matériaux, tous les navires encore sur le chantier, brûlèrent. Sauvée à grand'peine, ainsi que son fils, par l'héroïque dévouement d'un ouvrier, la jeune femme se retrouva, au jour levant, ruinée et plus infortunée mille fois qu'une veuve ; car son mari, réveillé en sursaut par les flammes et menacé pendant plusieurs minutes d'y périr étouffé, était devenu complétement fou. L'enfant adoptif, qu'un domestique en délire avait lancé d'un deuxième étage dans l'espace, n'en mourut pas ; mais des symptômes d'épilepsie, bientôt suivis d'horribles crises, se manifestèrent sur l'heure, et déterminèrent, chez le malheureux enfant, un état général se rapprochant beaucoup de l'imbécillité.

Dans ses moments lucides, le mari d'Éveline reconnaissait sa femme ; il se montrait heureux de sa présence, et touché jusqu'aux larmes de ses témoignages d'affection. Le genre de démence dont il était frappé, ayant été d'ailleurs reconnu incurable par tous les médecins, Éveline refusa d'assurer son repos à elle, en condamnant celui dont

elle portait le nom, aux rigueurs, ou, du moins,
aux soins mercenaires d'une maison d'aliénés. Les
plus fraîches, les plus riantes années de cette généreuse femme, s'écoulèrent donc entre un fou et un
idiot.

» Vous ne l'avez pas oublié, Éveline avait dix-
huit ans à l'époque de l'incendie. Quelques années
plus tard, elle fut aimée avec toute l'exaltation que
devait inspirer un caractère comme le sien, par un
homme digne de son amour. Elle aima aussi ; et
elle sacrifia sa passion à des devoirs d'autant plus
sacrés à ses yeux, que celui-là même qui aurait eu le
droit de les lui imposer, n'en avait plus le pouvoir.

» Une souffrance plus déchirante encore devint
la conséquence de son héroïque détermination. Les
médecins lui ayant fait comprendre que la santé,
la raison de son enfant, courraient des dangers sérieux, si cet enfant grandissait entre deux malheureux déchus de la dignité humaine, elle dut éloigner d'elle le seul être aimant, intelligent, gracieux,
que la destinée lui eût laissé.

» Pendant la durée de vingt-deux années, Éve-

line n'a peut-être pas passé une journée entière
auprès de son cher André. André est cependant, af-
firme-t-on, digne en tous points de sa mère. Au
moment où le jeune homme allait quitter les bancs
du collége, un oncle célibataire lui légua une assez
belle fortune. Selon le désir d'Éveline, André entre-
prit aussitôt une pérégrination de plusieurs années,
à travers l'Europe et l'Amérique. Son retour définitif
en France aura lieu dans un mois, au plus tard.

» La femme dont je viens de vous raconter si
brièvement l'histoire, est ma parente, mon hôtesse,
depuis le lendemain du jour où je vous ai quitté,
et, au moment où je vous écris, mon amie. Madame
d'Aligny (voilà le nom que toutes les bouches, à
Bordeaux, prononcent avec vénération), madame
d'Aligny est une cousine germaine de mon mari.
A l'époque où tous les malheurs m'ont accablée à
la fois, Éveline, connaissant mon complet isolement en ce monde, m'écrivit pour m'engager à
me rendre auprès d'elle.

» Je n'ose cependant pas trop insister, disait-elle;
l'existence que de profondes affections et l'habitude

mé rendent presque douce, serait peut-être intolérable pour vous.

» Je partageai ce sentiment, et je demeurai à
Moulins.

» Jamais je ne regretterai cette détermination,
Édouard ; mais, aujourd'hui pourtant, je ne comprends plus les terreurs qui m'ont retenue.

» Madame d'Aligny commence enfin à recueillir
le fruit de sa longue abnégation. La folie de son
mari s'est sensiblement transformée. Ce n'est plus
qu'une sorte de brouillard intellectuel, un état
permanent de rêverie mélancolique et douce. Quant
à Laurent, le pauvre épileptique, qui va bientôt atteindre sa vingt-septième année, ses crises s'éloignent, et son cerveau semble se fortifier. Sans croire
une guérison possible, les médecins espèrent que
les eaux et l'air vivifiant des montagnes, pour-
ront amener des modifications heureuses chez la
pauvre créature : voilà pourquoi nous parcourons
les Pyrénées.

» Dois-je vous l'avouer, Édouard, je ne me crois
point étrangère au bien-être comparatif que l'on

constate chez Laurent. Pendant plus de vingt années, Éveline seule s'est approchée des deux malades; une effrayante monotonie d'habitude était
résultée de cette séquestration. L'intelligence si
vive, si brillante, jadis, de madame d'Aligny, lut-
tait de moins en moins victorieusement chaque
jour, je l'ai vite reconnu, contre un morne engourdissement.

» Au milieu d'une existence devenue machinale,
d'une torpeur presque végétative, je suis tombée,
moi, l'âme troublée par les luttes de la vie; mais
bien vivante encore. Éveline s'est ranimée la première auprès de moi; puis, de proche en proche,
une sorte de réveil général s'est manifesté dans la
lugubre habitation baptisée, depuis longues années,
par les habitants de Bordeaux, du nom d'*asile des
âmes en peine !*

» A la joie que j'éprouve, quand je réussis à
faire briller une lueur d'intelligence, quelque faible
qu'elle soit, dans la pauvre tête de Laurent, j'ima-
gine, Édouard, ce que vous devez goûter de bonheur
auprès de votre fille. Pendant une minute seule-

ment, et quelle minute ! je me suis trouvée en face de Louise. Mais les grandes émotions font la lumière dans l'âme, et certaines impressions ne trompent pas. Louise est une nature douce, fine et charmante; donnez à son esprit la force et l'ampleur qui lui manquent encore, et vous en ferez bien vite une femme vraiment remarquable, vraiment digne de vous, vraiment digne d'.....

» Laissez-moi vous raconter un songe.

» Hier, après avoir gravi l'une des plus hautes montagnes des environs, j'ai, perdue dans la brume qui, vers le soir, la couronne, fait un rêve que je vous confie bien bas.

» Si André, si ce jeune homme de vingt-trois ans, que les rapports de tous ceux qui le connaissent et les lettres que m'a lues sa mère, disent si bon, si intelligent, si beau, si cet André, à jamais exilé du foyer maternel, trouvait un jour un père en vous?...

» Dans bien peu de temps, je vais savoir ce que vaut mon rêve ; mais, en attendant, je vous supplie, Édouard, de travailler de tout votre pouvoir à sa réalisation, en rendant la fiancée digne de l'époux que mon imagination lui destine... »

— C'est par trop fort cela ! s'écria madame de Lirvans, en négligeant dans sa fureur de lire les phrases d'adieu, cette femme prétend maintenant marier ma fille !

— Calmez-vous, ma chère Anaïs, dit madame Lecamus avec une émotion contenue. La Providence nous a évidemment favorisées en faisant tomber entre nos mains cette curieuse épître. Certaines phrases prouvent jusqu'à l'évidence, qu'on ne l'attend pas ici, et ne recevant pas de réponse l'universelle consolatrice des affligés n'aura plus, je l'espère, la pensée d'épancher par écrit son âme dans l'âme de votre mari.

Tout en prononçant ces mots, madame Lecamus approchait une allumette enflammée des nombreux feuillets noircis par la main d'Hélène. Des cris du cœur, des intimes confidences de la jeune femme, il ne resta bientôt qu'un transparent tissu cendré, qu'une vapeur blanchâtre qui s'envola par la cheminée.

17

XI

La gravité des circonstances justifiant pleinement, aux yeux de la sainte Thérèse de Moulins,
l'oubli des scrupules vulgaires, elle devint auprès
de Louise de Lirvans l'interprète éloquent de la
prétendue passion de Symphorien. Le jeune homme,
à qui Louise plaisait tout autant qu'une autre femme,
fut en outre autorisé à glisser quelques billets sen-
timentals au milieu des roses et des héliotropes
des bouquets qu'il apportait chaque jour à la jeune
fille.

Pour une âme complétement ignorante des émotions de l'existence, pour une imagination active et
privée jusqu'ici, à dessein, d'aliments, un roman
en action, quelqu'en fût le héros, n'était pas sans
dangers. Le cœur de la jeune fille bondissait, ses
joues s'empourpraient pendant qu'elle dévorait des

phrases amoureuses, dont aucune aspiration vers l'idéal, mise dans son âme par la lecture des poëtes, ne pouvait lui faire apprécier l'absolue banalité.

Favorisant les projets de son amie et conseillère, madame de Lirvans se gardait d'épier la lecture des billets et de remarquer le trouble inusité de sa fille.

Les séductions du mystère s'ajoutaient donc aux premières et ardentes curiosités du cœur, pour livrer tout l'avenir de la charmante Louise de Lirvans à l'inepte Symphorien.

Toujours tenu en mince considération par sa femme, M. de Lirvans, dans son état actuel de complète inertie, était, bien entendu, compté pour rien par les deux amies.

Madame Lecamus en arrivait à discuter avec elle-même le choix des parures nuptiales, et à exalter adroitement devant la jeune fille, les merveilleux effets que produiraient les plis moelleux d'un cachemire sur une taille fine, et l'éclat éblouissant qu'emprunterait aux perles et aux diamants un teint

rosé et des yeux bleus; quand, un matin, sans
qu'aucun fait antérieur eût pu faire pressentir ce
caprice étrange, M. de Lirvans engagea sa fille à
s'habiller pour sortir avec lui.

Louise obéit sans empressement aucun, car
elle avait depuis longtemps perdu toute habitude
d'affectueuse intimité avec son père.

— Comme te voilà fagotée, ma pauvre enfant!
s'écria Édouard dès qu'il aperçut Louise, comme si
ses yeux s'arrêtaient pour la première fois sur les
vêtements disgracieux et fanés de la jeune fille.

— Quelles sortes de toilettes voudriez-vous donc
lui voir porter? s'écria aigrement madame de Lirvans, qui, depuis les premières paroles d'Édouard
à sa fille, contenait à grand'peine son mécontentement.

Louise avait des larmes dans les yeux, et faisait
mine de se retirer vers sa chambre.

— Viens donc, chère petite, dit Édouard en lui
prenant la main; et, sans paraître avoir entendu
les paroles d'Anaïs, il quitta avec sa fille l'appartement.

Louise rentra au logis, parée d'une élégante pelisse en taffetas noir et d'une gracieuse capote en crêpe bleu.

A partir de ce jour, les habitudes d'Édouard furent en tout et pour tout changées.

Chaque matin, Louise passait plusieurs heures dans la chambre de son père qui s'occupait avec ardeur d'une instruction jusqu'alors étrangement négligée. Des professeurs d'allemand et de musique vinrent en outre régulièrement rue d'Amsterdam. La jeune fille accompagna son père à plusieurs concerts; elle passa même une soirée aux Italiens. Sa transformation morale était complète. Gracieuse, animée, elle charmait tous ceux qui l'approchaient, et ressentait pour son père une adoration sans bornes.

Il fallait que madame de Lirvans se sentît au fond du cœur des torts bien graves envers son mari, ou craignît singulièrement d'être renvoyée avec une maigre pension à Moulins, pour ne pas laisser éclater la fureur qui la dévorait.

Quant à madame Lecamus, elle s'obstinait à ne

voir qu'une fantaisie passagère dans la conduite actuelle de M. de Lirvans. Résolue à lutter jusqu'au bout, elle adressait à Louise des compliments hyperboliques, et dictait à son fils des missives de plus en plus brûlantes.

Les deux amies intimes se consultaient un matin anxieusement sur l'étrange marche que suivaient les choses autour d'elles, quand Louise, une lettre grande ouverte à la main, entra dans la chambre de sa mère d'un air mutin et dégagé.

Au milieu d'un massif d'œillets et de jasmins, la jeune fille venait de dénicher un spécimen assez remarquable des déclarations du jeune Lecamus ; mais elle avait aujourd'hui la tête remplie des belles amours de Virginie, de Cymodocée, de Graziella, le bouquet alla rouler dans un coin et la lettre fut parcourue avec un sourire moqueur.

— Dis donc, maman, est-ce que tu approuves que M. Symphorien m'écrive des épîtres comme celle-ci, dit-elle en remettant la lettre entre les mains de madame de Lirvans, sans se montrer

aucunement intimidée par la présence de madame
Lecamus.

— Laisse cela et va étudier ton piano, répliqua
madame de Lirvans en posant la prose de Symphorien sur la cheminée.

— Vous comprenez bien, ma chère amie, que
j'ignorais les extravagances coupables d'un enfant
qui se meurt d'amour pour votre fille, s'empressa
de dire madame Lecamus, aussitôt que Louise eut
disparu.

— Cette justification était tout à fait inutile,
répondit madame de Lirvans, dont la déférence
envers sa conseillère ne se démentait jamais. Mais
que pensez-vous des manières de ma fille ?

— Il se passe évidemment dans cette maison-ci
quelque chose de grave, quelque chose de très-
grave, insista d'un air soucieux madame Lecamus.
Cette madame Norlac aura sans aucun doute trouvé
moyen de faire parvenir une lettre à votre mari, et
elle reprend sensiblement de jour en jour tout son
ancien empire sur lui. Il se peut que nous ayons
commis une sottise en brûlant la fameuse lettre !...

et madame Lecamus s'abîma dans d'inquiètes méditations.

Huit jours plus tard, M. de Lirvans annonçait à sa femme qu'il partait le soir même avec Louise pour un voyage d'un mois.

— Et où allez-vous? demanda Anaïs stupéfaite.

— Dans les Pyrénées.

En face d'une situation aussi décisive, Anaïs, n'osant pas prendre un parti à elle seule, courut chez madame Lecamus.

— Il veut rejoindre cette femme, lui conduire sa fille, cria-t-elle; qu'allons-nous faire pour l'en empêcher?

— Nous n'y pouvons rien, répliqua madame Lecamus.

— Comment donc? reprit Anaïs à demi suffoquée par la colère.

L'entêtement est bien souvent un résultat de la sottise, les esprits bornés étant radicalement incapables de distinguer avec promptitude la limite étroite qui sépare l'impossible du possible.

— Nous subissons les conséquences de la faute

que je vous signalais dès l'autre jour, répliqua
tristement la sagace madame Lecamus. Il aurait
fallu, au lieu de la jeter au feu, remettre la lettre
de cette femme à M. de Lirvans, tout en lui faisant
comprendre qu'on en soupçonnait le contenu ; nous
nous serions donné ainsi des armes contre lui,
tandis qu'aujourd'hui, sous peine de nous perdre à
jamais, nous voilà condamnées à ne nous douter
de rien. Le mariage en question n'est pas encore
conclu cependant, ajouta l'habile femme en relevant
courageusement la tête ; Bagnères de Bigorre est
dans cette saison-ci une succursale du boulevard
des Italiens, nous trouverons bien moyen d'apprendre ce qui va s'y passer, et peut-être par-
viendrons-nous à découvrir ou à créer des obstacles
inattendus.

Madame Lecamus fut en effet, bientôt, parfaitement au courant des moindres incidents de l'existence d'Édouard, de Louise, d'Hélène, de madame
d'Aligny et de son fils André. Mais ces renseignements précis lui causèrent peu de joie. La lettre
d'Hélène avait dit la vérité exacte. Madame d'Aligny

excitait l'admiration et la sympathie de tous les gens assez heureux pour l'approcher ; André possédait la beauté, l'intelligence, un noble caractère, une instruction rare et une grande fortune. Comment lutter contre cela, avec quatre mille francs de rente et un fils tel que Symphorien ?

Les espions de madame Lecamus ajoutaient que le mariage probable de Louise et d'André était le sujet de toutes les conversations à Bagnères.

Une lettre d'Édouard à sa femme ne laissa pas l'ombre d'un doute sur ce dernier point.

« Je ne suppose pas, écrivait M. de Lirvans, après avoir donné à sa femme tous les détails qu'Anaïs avait déjà appris par la lettre d'Hélène, je ne suppose pas que vous ayez la pensée de faire une opposition quelconque au mariage réellement inespéré que je prépare pour votre fille. S'il en était autrement, je me verrais obligé de vous déclarer que, si j'ai su, pour ce qui me concernait, moi, pardonner des torts bien graves, je n'en briserais pas moins impitoyablement tout ce qui me semblerait menacer le bonheur futur de mon enfant ! »

— *Elle* a gagné la partie, dit amèrement madame Lecamus.

— Comment, vous ne trouvez rien à faire ? rien ! s'écria Anaïs avec son invincible obstination.

— Absolument rien.

— Et si cette *femme* les accompagne à Paris ?

— C'est peu probable. Madame Norlac, il faut en convenir, a montré depuis le début de cette histoire un noble caractère, répliqua madame Lecamus, qui, comme tous les gens intelligents, était parfois, quoiqu'elle en eût, saisie à la gorge par la vérité.

La prudente Pascaline réfléchit instantanément que madame de Lirvans, bien pensionnée par son mari, serait encore à Moulins une précieuse ressource pour elle, et le premier moment d'irritation lui parut le plus favorable pour arracher à Anaïs la résolution qu'elle souhaitait.

— Je pars demain, dit-elle, et vous ? Il me semble que notre place à vous et à moi n'est plus ici !

Madame de Lirvans était trop accoutumée à implorer la direction de madame Lecamus, pour tenter la moindre résistance.

Le mariage de Louise et d'André se fit donc à Paris, rue d'Amsterdam, sans qu'Anaïs y assistât. Grâce à Hélène, dont les deux malades acceptaient maintenant les soins avec la plus vive satisfaction, madame d'Aligny put servir de mère à la jeune fille. Son séjour auprès de ses deux enfants se prolongea même bien plus longtemps qu'elle n'avait compté. Hélène la remplaçait si bien à Bordeaux ! — Insensiblement, cette pauvre mère, privée depuis longtemps de toute joie, contracta l'habitude de passer au moins la moitié de l'année à Paris. L'été rassemblait les deux familles sur les bords de la mer ou dans les montagnes ; c'était alors au tour d'Hélène d'être heureuse. Tous ses amis de Bordeaux et de Paris aimaient jusqu'à l'adoration cette généreuse femme, et tous la remerciaient avec pleine raison de leur bonheur.

Édouard oublia enfin ses chagrins passés et les souvenirs d'une félicité trop présente encore à son esprit, le jour où il vit son petit-fils rire entre ses bras. Le lendemain de la naissance de son enfant, Louise avait voulu écrire elle-même quelques mots à sa mère pour l'engager à venir vivre auprès d'elle, à Paris.

Madame de Lirvans répondit par un refus.

— On veut faire de vous une bonne d'enfant pour courir plus aisément les bals et les spectacles, lui avait dit madame Lecamus.

Anaïs, recevant aujourd'hui 8,000 francs par an de son mari, sa maison était devenue pour une certaine société la plus importante du chef-lieu. Aucun des habitués de ses dîners n'aurait donc vu finir sans désespoir ce qu'on appelait toujours sentencieusement à Moulins, les malheurs de *cette pauvre madame de Lirvans!*

FIN

TABLE

Imprimerie de L. TOINON et Cie, à Saint-Germain.

www.ingramcontent.com/pod-product-compliance
Lightning Source LLC
Chambersburg PA
CBHW071854020726
47502CB00003B/737